Pão e sangue

Dalton Trevisan

Pão e sangue

todavia

Morre, desgraçado 7
O punhal na garganta 11
Minha vida meu amor 15
Estrela do Saravá 17
Seis haicais 25
Você me paga, bandido 29
Mas não se mata cachorro? 35
Sete haicais 41
Hoje é o dia 45
A casada infiel 49
Balada do vampiro 55
Quem matou o Caju 61
Querida amiga 65
O diabo no corpo 69
Oito haicais 73
Três mascarados 77
Canção do exílio 83
Minha vez, cara 87
A cruzada dos meninos 93
Nove haicais 95
Pão e sangue 97
O arrepio no céu da boca 101

Canteiro de obras 115

Morre, desgraçado

Toda noite ele sai do serviço, passa no boteco, chega bêbado em casa. Na pobre de mim se vinga do patrão e do preço das coisas. Doze anos casada, são dez e qualquer motivo apanho.

Na última noite brigou porque, ajoelhada diante da capelinha, ouço a missa pelo rádio.

Olhinho vesgo, narigão vermelho, aos berros:

— Está rezando, sua bruxa? Que eu largue da cachaça?

— Olhe as crianças, João.

— Já sei que põe vidro moído no pão.

Arranca o rádio da parede, rebenta no chão, pisa em cima.

— João, não faça isso. É pecado. Oh, meu Deus.

Pecado o murro aqui no olho, nem sei como não furou — em três pedaços o óculo de costura.

— Pare, João. Olhe as crianças. Na frente delas, não.

Me cobriu a cabeça de soco e palavrão.

— Bem cansado. Quero dormir.

Senta-se na cama e chamou a escrava, que lhe tirasse o sapato. Ressabiada, fica de joelho. Rindo, me belisca o biquinho do peito — ai, que dor! O piá de ano e meio não desmamei.

Vou pegar o segundo sapato, um coice me joga contra a parede. Não contente, passa a mão no rosário pendurado na cabeceira, malha a minha cabeça, só conta negra por todo canto.

— Corra, mãe. Que o pai te mata.

É a Rosinha, esse anjo de sete anos, ali na porta do quarto. Alcanço no berço o menorzinho e corro para fora. Rindo e tropeçando, o João atrás. No quintal me agarra pelo vestido. Mais soco e pontapé.

Chorando, a Rosa abraça as pernas do pai.

— Não surre a mãe. Paizinho, não surre mais.

Zonzo, atropela a menina, que bateu a nuca no degrau. Fui acudir a pobrezinha, me acerta um bruto sopapo.

— Vá dormir, João. Por esta noite chega.

Eu, desgraciada, beije as mãos da Rosinha.

— Graças a ela, você está viva.

Rasgou a barra do vestido, outro pontapé com toda a força.

— Responda, bandida. Uma palavra só. Todinha te arrebento.

Apanha na cozinha o litro de álcool e, espirrando as paredes e o chão, que bota fogo na maldita casa. Faz que risca um fósforo. Me obrigo a voltar.

Ai, por que não fugi? Pega a vassoura atrás da porta e me enche de pancada. Me desvio, a criança ali nos braços, o cabo dá no canto da mesa e se quebra.

— Aí, cavala. Viu o que fez? Agora me paga.

Sobre a mesa acha a faca de ponta e vem de novo. Tentando escapar, corro para os fundos. Que a menina chame socorro no vizinho.

Não tem jeito, já me alcança. Agarra pelo cabelo,

acerta uma facada no braço direito. Consigo entregar à Rosa o menino que soluça baixinho.

— Fuja, Rosa. Leve o anjinho.

Novos pontaços na perna e no braço. Mão ferida, pingando sangue, aparo os golpes.

— Chega, homem de Deus. Me larga, João. Ó Deus, quem me acode?

Me arrastava pelo cabelo. Com a outra mão encostou na garganta a ponta da faca.

— Ai, ai, João. Tudo eu faço. O que você quiser.

Tudo o que ele faz com as mulheres da rua.

— Peça perdão, assassina da minha alma.

— Tudo, João. Só não me mate.

Em resposta um corte fundo na orelha. Me aperta contra a parede e risca o pescoço.

A morte nos olhos, achei força de empurrá-lo. João cambaleia, alcanço uma acha de lenha. Bato duas vezes na cabeça dele, que derruba a faca. Tonto e fraco, cai de joelho.

— Me mate, mulher. Senão você morre.

Saí sangue pelo nariz e a boca. Meio que se apruma:

— Se me levanto, diaba, é o teu fim.

Suspendo a acha, fecho o olho, dou o terceiro golpe.

— Morre, desgraçado.

A força de mãe que me valeu.

O punhal na garganta

Naquela tarde, lá pelas duas, o negão bateu na porta, era o negócio do som. O João ainda deitado, o cara entrou no quarto. Risonho, me olhou feio, um jeito que não gostei.

Entretida na cozinha, não ouvi a conversa. A gente acaba de se mudar, a louça, os móveis, a roupa na maior bagunça. Uma vizinha se ofereceu para vir depois da janta. Garçom do Foquinho Vermelho, nove da noite o João saiu, como de costume. Mais tarde, arrumava a roupa no armário, ouvi batidas na porta. Achei que a vizinha e fui abrir.

Com o punhal na mão, já dentro da sala. Não gritasse, nem um pio, degolada duas vezes. Chaveou a porta, me arrastou para o quarto. Lá no colchão sem fronha nem lençol. Fez comigo o que bem quis. Todas as maldades, meu Deus.

Não me sujeito, sangrava o filhinho ali no berço. Medo que acorde, eu quieta e caladinha. Me forçou três vezes, cada uma em posição diferente. Só me deixou pela meia-noite. Ainda foi pouco: bebeu todo o licor de ovo. Comeu até a última broinha de fubá mimoso.

Fez questão de tirar a minha roupa, devagar, de mansinho. Me elogiando o tempo inteiro: como você é toda branca, que cabelo mais loirinho. A calcinha preta de renda, o bandido rasgou em sete pedaços. Nem protestar eu podia, tadinha de mim, o bruto punhal na garganta — aqui os sinais e arranhões.

Já na porta, eu no quimono vermelho de seda, falou com raiva que era a tentação da vida dele. Soltou botão por botão e, de pé contra a parede, me obrigou mais uma e quarta vez — ao me soltar, fraca e tonta, não caí no chão, esfolei o joelho?

Depois que saiu, me vi perdida. Gemendo baixinho — ai triste, pensa que não dói? Tremia de bater os dentes. Meia hora sentada na cama, sem força de levantar. Uma ducha fria com bastante espuma, a catinga do negão no cabelo, debaixo das unhas. Na porta, me fez repetir — queria te ver, o punhal no pescoço — aquelas bobagens. Tinha gostado muito, voltava outras vezes e, se eu aceitasse, da cabeça aos pés coberta de joias.

As luzes acesas, o rádio ligado, esperou pelo João. Chegou de manhã, esse vício do baralho. Eu não podia mais, abraçada ao anjinho, chorando falei toda a verdade. Maldito negão barbudo.

O tal negão me procurou no Foquinho Vermelho. Se queixando da crise, ofereceu um conjunto de som, roubado não era. Com pena lhe dei três notas, devolvia quatro numa semana. Na tarde seguinte quem bate na porta? Nem sei como descobriu o endereço. A Maria atendeu, mandou que entrasse no quarto, eu ainda dormia. Aflito, estalando o nó dos dedos, a mãezinha com fome, por mais duas notas fechado o negócio. Peguei o dinheiro no bolso da calça, ele se foi, um brilho no dentinho de ouro.

Lá pelas nove saí para a boate, deixei a Maria toda alegrinha de casa nova. Botava a louça na prateleira e arrumava a roupa no armário. Entre as mesas, corri a noite inteira, de volta às seis da manhã. Estranhei na sala a garrafinha vazia do meu licor. Epa, toda a broinha quem comeu?

A menina encolhida no canto, bem tristinha. No rosto duas olheiras pintadas. Baixei a gola do quimono, fui beijar, um arranhão só. Nem perguntei, contava do negão que apertou a campainha. Certa que a vizinha, abriu a porta. O barbudão já de punhal na garganta. Entrou à força, fez o que bem quis. Sempre jurando sangrar o filhinho no berço.

O que merece um negão barbudo? Só matando o desgraçado. Já viu a calcinha de renda, o que reinou. Degolava, ela e o filho, contasse para mim ou desse parte à polícia. Por que agora, tudo bem com a gente, havia de acontecer? Bailarina já foi, do Foquinho Vermelho. Doce companheira de cinco anos. Não sei o quê: mato o maldito, largo a Maria na rua, o que será do anjinho? Me diga, doutor. Como é que eu fico?

*

Isso aí, doutor. Uma grande injustiça. É direito ser acordado, oito da manhã, na própria casa, com um revólver na cara? O que esse garçom pensa? Tem carteira de cagueta? Uma de valentão, ao lado do tira.

A faquinha ali no travesseiro? Só picar fumo. O susto da minha santa velhinha, já viu. Filho único e arrimo da família. Sofre do coração, a pobre. Se ela me falta, nem sei o quê. Esse panaca ainda me paga.

Estive, sim, com a baixinha. Mas a convite dela. Velha conhecida da Mil e Uma Noites e do Foquinho Vermelho. A hora que o fulano sai, quem me falou? E das três batidas na porta?

Ah, os arranhões no pescoço. De quem mais? As unhas dela. É das que gostam de tirar sangue. Olhe aqui as minhas costas, doutor. A calcinha preta de enfeite, essa eu rasguei. Cada vez rasgo uma — assim ela pede.

Forte eu sou; violento, nunca. Do amor chorado, caprichadinho. O garçom vai e vem, na canseira. A bebida, sei lá, o carteado. Lhe dá na fraqueza. Como não consegue, ainda judia. Inventa arte e jura de morte a infeliz. Me esfregou na boca o revólver, não que o tira se incomodasse.

Mulher é para a gente se servir. Essa aí sempre mansinha e pronta. Dentro dos conformes. Nessa hora, doutor, quem segura punhal? Com que mão? Me trouxe licor de ovo na bandeja, tanto se agradou. Até broinha especial de fubá.

O aparelho de som eu comprei, com papel passado. Cinco notas não pagam a metade. Um toque maneiro para a gata, certo? Aqui do distinto. E o João é bobo? Bem que aceitou. Só não entendo brabo de repente. Furioso, por quê? Perdeu no jogo, sei lá. Estranhou a baixinha rindo à toa? Briga de marido e mulher, quem sabe por quê. O doutor sabe? Nem eu.

Minha vida meu amor

Olha minha vida meu amor
Há muito não és mais meu
Toda a loucura que fiz
Foi por você
Que nunca me deu valor
Por isso perdeu tua mulher
E teus filhos
Não posso com esta cruz
Acho muito pesada João
Você vem me desgostando
A ponto de me pôr no hospício
Uma vez conseguiu
Mas duas não
Aqui ô babaca
De tuas negras
Que nem os filhos se interessou
De batizar na igreja
Você só vai no bar do Luís
Outro boteco não achou
Mais perto da tua família?
Só me operei que você obrigou
Agora não presto
Já não sirvo na cama?
Quis fazer de mim

A última mulher da rua
Mas não deixei
Por tua causa João
Eu morro pelada
Abraçada com os dois anjinhos
No fundo do poço
Amor desculpe algum erro
E a falta de vírgula

Estrela do Saravá

O velho Pedro, gemendo na máquina de sorvete, ajuda a nora na lanchonete. Assim o filho, sempre de vigia noturno, possa presenteá-la com um carrinho vermelho.

Não é que a moça se comporta de modo escandaloso, saia justa e blusa com o seio à mostra? Assediada no balcão, sorri e fala em voz baixa com alguns fregueses. Uma e outra vez pede que o velho ou a servente Rosa fique um pouco na caixa. Deve ir ao colégio das crianças. Ou às aulas de motorista. Um certo loiro vem seguido, na ausência do vigia, à procura da moça. Os dois entretidos no canto do balcão. Logo um sai, depois o outro, nunca no mesmo ônibus.

O pobre velho passa a noite em claro, não quer contar ao filho, com medo de uma desgraça. Até o dia em que a Rosa não pode mais ficar. Surpreso, pergunta o motivo.

Que Maria tem mais de um amante. Atrás deles, deixa-a sozinha no balcão até tarde da noite — e o seu homem largá-la já promete. Com um filho pequeno, Rosa não quer confusão na vida.

O primeiro amante é gringo de costeleta. Sempre que vem a Curitiba, encontra-se com a patroa, graças a uma tia Olga, cafetina que entrega os recados. O tal Júlio tem guarda-roupa montado para ela. Chinelinho vermelho de pompom até casaco de pele e bijuterias. Que ninguém desconfie, sai da lanchonete com a roupa de serviço. Depois se emboneca para jantar e bailar em Santa Felicidade. Esse amor já dura mais de dois anos.

O segundo, chamado Tito, é seu preferido. Com ele dormiu as três noites em que o marido esteve no pronto-socorro. Ali na cama do casal. Ao lado do quarto das filhas. Se uma delas acorda e abre a porta, já viu?

Usando o dinheiro da caixa, compra revista de mulher nua, se delicia com as fotos e os desenhos. Peninha do inocente vigia, Rosa até aconselha a patroa. Essa, bem cínica:

— Com o João me deito. Com o Júlio me levanto.

Ela sai na frente. Depois o Tito no ônibus seguinte. Descem na praça, pegam táxi de motorista desconhecido. No motel escolhe o quarto com espelho no teto. Certa vez, a patroa suspira:

— Ah, Rosinha. Nunca vi loiro mais gostoso. Ele te aperta, você grita.

O tipo entra na lanchonete, a moça já sem avental:

— Rosinha, você fique um pouco, que vou sair.

Tito é bem loiro, sempre com dinheiro no bolso, dado por Maria?

Ela some de tarde e à noite. Duas ou três horas depois, quem chega preguiçosa, grandes olheiras? Das filhas, coitadas:

— Só gosto da pequena. Da mais velha, não. É a favor do pai.

Com a desbotada jardineira atende o convite do gringo. À sua espera no apartamento um guarda-roupa completo. Desde botinha até vestido negro de cetim e peruca ruiva. A cafetina Olga marca os encontros para o espanhol gordo e careca.

O velho Pedro nada quer falar, que será das crianças? Espia a nora em conversa particular com os fregueses, um maldito loiro risonho no dentinho de ouro. Ela sai na frente pegando um ônibus. Depois o tipo no seguinte. Tito se chama, vidente, benzedeiro e ocultista.

Não tem mais dúvida, só não conta ao filho, capaz de uma doidice. Até que a servente se despede. Cansada de esconder as fugidas da patroa — seio de fora, beijos loucos, lá na boate Mil e Uma Noites.

— Rosinha, você fica no balcão. Estou a fim de curtir uma boa.

Só volta pouco antes de entrar o vigia. Mal o tempo de limpar o sapatinho dourado na pia da lanchonete e botar o avental. Rosinha muito nervosa que o patrão descubra.

Fim do mês pede a conta. A dona, ressabiada:

— Só não diga para o diabo do velho. Te dou um broche e uma pulseira.

Com esse loiro, Maria parte para a vida noturna. Grande olho fosforescente na penumbra do Foquinho Vermelho. Certa vez perde um dos sapatos, demais que saracoteia.

Milagreiro de fama, Tito ganha bom dinheirinho com o trabalho nas casas. Leva uma pasta de pai de santo: incenso, charuto, galhinho de arruda, colar, vela e fita multicores, jogo de búzio, chinelo velho, penas pretas, guiné, pimenta, pétalas de rosa. No bangalô de João, bebe licor de ovo no sofá da sala, fecha a moça no quarto.

Maria manda a criadinha dormir com as meninas.

— Não esqueça, Zezé. Chavear a porta.

De manhã na sala Zezé sente fumo diferente que a deixa de olho ardido.

— Viu, Zezé? Agora terei paz e amor com o João.

Rosa acha, isto sim, que é despacho para o vigia ser morto. Bem a ouve na janela com a vizinha:

— Ficasse por lá. Seco e arreganhado.

Na volta do hospital, após o acidente em que perdeu o mindinho esquerdo.

De João fala mal. Embora muito bom, quer que sofra bastante:

— Só cansa a minha beleza. Merece pó de vidro no pão.

Naquela manhã chamado por seu velho pai:

— É traído pela Maria. Com mais de um homem.

João arregala o olho triste. Derruba o cigarro da mão que treme. Suspira fundo.

— Não aguento mais, filho. Vou falar tudo.

Pelos vizinhos sabe que a nora desde muito é infiel: na luz negra dos inferninhos a bem conhecida Estrela do Saravá.

A mulher na lanchonete, as meninas no colégio, João em agonia fecha-se no quarto. Olha a cama de casal. Não quer acreditar.

Certo que não para em casa, abandona as filhas para visitar as amigas. Tudo piora quando conhece a querida tia Olga.

Por que o trata com desprezo? Até se nega, a ingrata, lhe espremer os cravos das costas. Não é ela, entrevista no carrão azul, com um gordo careca de costeleta?

Acha na gaveta, entre calcinhas pretas de renda, um livro de mulher nua.

No guarda-roupa um cartão em tinta roxa: "Estrela do Saravá — Por você o meu coração geme de amor — Tito". Costurado no forro do casaco novo de pele.

Outro bilhete, entre as folhas da bíblia, no criado-mudo: "Amorcito... te recuerdo juntitos... muchos besitos... Júlio".

Sem saber o quê, veste a farda de vigia, vai para a eterna ronda. Nove da noite, o telefone toca:

— Chega na tua casa que tem uma surpresa.

Nervoso, pergunta se é doença. Uma das meninas? Que não, acode a voz de mulher. Fosse correndo para lá.

— Um pequeno problema a resolver.

Toma um táxi, desce na esquina. Aflito, olha de longe a casa. Apaga-se a luz da sala. Acesa a do quarto — meu Deus, que acontece lá dentro?

Mexe no portão, o cachorrinho late na garagem. Logo a mulher sai de roupão vermelho na varanda. Desconfiado, arrastando o pé, sobe os quatro degraus. Perna trêmula e voz rouca:

— Cadê o teu amante?

Perdida (nunca foi tão bonita), braços abertos diante da porta:

— Está aí dentro.

Puxa a arma da cintura — um, dois tiros. A moça cai, meio se ergue, vai na direção da garagem.

Ele abre a porta, acende a luz: quem ali sentado no sofá de veludo? Colares de fantasia, cabelo crespo no peito, calça branca.

— Não. Não faça isso.

Aos gritos o pai de santo remexe na gorda pasta azul.

— Espere. Olhe aqui.

— Conhece que está morto.

— Não. Veja. Só um...

João acerta bem na testa.

— Paizinho.

Tinindo espirram pelo chão contas brancas, verdes, amarelas. Ele volta-se.

— Não, paizinho.

No corredor, as duas meninas. De camisolinha, descalças, mãos dadas.

— Venham, minhas filhas.

Guarda a arma, pega a mãozinha de cada uma. Ao sair, vê que o loiro no sofá tem uma ferida na cabeça.

Caída a moça diante da garagem, uma poça de sangue ao lado. Nua debaixo do roupão. O cachorro chora baixinho e arranha a porta.

Leva as filhas até a lanchonete vizinha. Conta para o velho. Ao ver entrando o cunhado José, bigodinho e cigarro na boca:

— Matei tua irmã.

Não resiste e prega-lhe uns tapas, aplaudido pelo velho:

— Bem feito. Dá mais.

João bate com vontade:

— Tem culpa, desgraciado. Você tem culpa.

Apanha o dinheiro da caixa. Beija as meninas sentadinhas bem quietas. Logo dobra a esquina, nem olha para trás.

Seis haicais

[1]

— Boquinha torta, geme, suspira e chora. *Você é minha mãe* — mal consigo entender.
— Confusão mental?
— Falsa ternura. Chantagem. Prefiro o tempo em que era corruíra nanica. Brigava comigo, a bruxa, diaba, assassina da sua alma. Não gosto de ter pena dele.
— Pobre João, começou a pagar.
— Inicia uma frase, a palavra não acode. Eu é que tenho de adivinhar. Se não acerto, bem aflito e furioso comigo.
— Um doutor de tanta cerimônia. Falava explicado e tudo com vírgula. O discurso inteiro...
— ... agora tem só duas palavras — *puuuta meeelda*.

[2]

Você se apaixona pela bailarina do inferninho. Essa pálida gordinha, meu Deus, que negou os votos de noiva eterna.
— E a tua freirinha? — pergunta o amigo. — De mão úmida e quente.

— O nome é Dulce. Agora Valquíria. Sumiu da boate. Três meses à sua procura. Sabe onde a achei? Numa pastelaria.

— Ai de você. Encontrar a doce amada, lá na lanchonete do Ton Jon: *Sai um pastel, querido? Banana, queijo, palmito*. Esse o recheio do seu coração?

[3]

— Sempre vaidoso, o meu velho. Primeiro me fez ir ao alfaiate. Estreitar um palmo a cintura de duas calças.
— Tão acabadinho, coitado.
— Agora vou ao sapateiro. Mais três furos em cada cinto.
— Será que não desconfia?
— Bem iludido, o pobre. Daquela cama se levanta nunca mais.

[4]

Em agonia, suspirando e gemendo, afasta a mão pesada da velha:
— Deixe para me agradar depois de morto.

[5]

— Com essa megera não é que eu casei.
— ...
— Me distraí um instante, a mulher foi trocada.
— ...

— Em vez da noivinha dos meus sonhos, essa quem é, roncando ao meu lado, o bigodinho de meu sogro no nariz torto de minha sogra?

[6]

Reinando com o ventilador, a menina tem a ponta do mindinho amputada.

Dias depois, você descobre as três bonecas de castigo, o mesmo dedinho cortado a tesoura.

Você me paga, bandido

O meu João volta e meia chega bêbado em casa. Sempre que vem tocado pela bebida se vinga na pobre de mim. Ameaça com o revólver, xinga de quanto nome, atropela para a rua. Antes que cure o porre, não me deixa entrar. Dez anos desta vida, doutor, isto é vida?

Naquele maldito sábado, fui ao salão da Olga, de loiro tingi o cabelo. Quando me viu, ele perguntou se não tinha vergonha, uma velha feito eu. Velha eu, doutor, nem quarenta anos? De briga não sou, ergui as mãos para o céu, de novo lá na Olga.

Madrinha de casamento da Lili, onze horas já, não queria me atrasar. Retocado o cabelo, o João me olhou bem. Disse que comigo não. Pobrinha de mim, então ia só. Na festa, no meio de tantos casais felizes, tão triste, aceitei um caneco de chope. Deus me livre, sei me comportar, não fosse mãe de quatro filhos. Aflita com o menorzinho, atacado de varicela, muito o recomendei para a diarista.

De repente quem vejo ali, exibindo fagueiro o dentinho de ouro? Se engraçava com uma tipa de óculo, ruiva e sardenta. Só para me provocar, até no braço gorducho beliscava. Não bastou perdi minha mãe faz dois meses. Nem pensou no meu filho internado no asilo? O Pedrinho, coitado, do primeiro marido. Mais as brigas em casa todo dia, o doutor imagine. Epa, já saindo de carro e me deixando para trás. Não resisti e atirei o canequinho no para-brisa. Sem força, molhou o vidro, só um nadinha.

Voltei de táxi para casa, já de noite. O João tinha ido para o clube. Era sábado e nenhuma comida na despensa. Liguei para o João, respondeu que dinheiro não tinha, desligou na minha cara.

Assim era demais, se não tinha dinheiro, gastava com a tal ruiva sardenta. Fui ao clube, que mostrasse a carteira. Subo a escada e ali na sala quem vejo, perna cruzada no sofá, cigarrinho na boca? Peço o dinheiro, diz que não. Cabeça baixa, saio bem desiludida. Já na escada, achei um desaforo. Deixar os filhos com fome no domingo. Voltei, ele não estava na sala. Agora na cozinha, deitava o café no pires, fazia biquinho para beber.

Mais uma vez pedi o dinheiro para as compras. Domingo sem pão deixar não podia três boquinhas. O João disse que o mercado já tinha fechado. Lembrei que no sábado fecha mais tarde. Se era assim, que tinha dinheiro, mas não dava. Me voltou as costas, bebia o cafezinho preto no pires.

O que eu podia fazer, doutor? Tirei a arma da bolsa, ele quem deu, assaltada na rua e no ônibus. Apontei para o chão, cinco tiros de uma vez. Uma bala perdida acertou na perna, quase no joelho. Para não cair, ele se segurou na mesa, a xicrinha no chão em pedaços.

Agarrada por trás, me tomaram o revólver. Arrastada para fora e jogada no tapete sujo da sala. Todos os jogadores corriam para a cozinha. Me levantei e saí, na confusão perdi a bolsa. Até hoje, doutor, uma pulseira e um broche de valor, não foi devolvida.

Isso faz um mês, doutor. Tudo bem com o João. Sarou da perna, voltou para casa. Diz que passou o carro, a tevê, o telefone para os amigos. Não acredito e pouco me importo. Quando não bebe, me põe no colo, morde a orelha, chama de minha loirinha.

Volta e meia chega bêbado em casa. Ameaça com o revólver, xinga de quanto nome, atropela para a rua. Curado o porre, me deixa entrar. Pede perdão e jura que nunca mais.

*

Casado só na igreja, doutor. Essa crise, a gente nunca sabe, situação financeira nada boa. Generoso nas despesas da família. Que é gastadeira, a Maria. Ainda ganha um dinheirinho, compra e vende joias. Usa o meu nome e não paga as contas. Fiquei sem crédito na praça.

Eu a conheci na boate Mil e Uma Noites. Já tinha um menino, doidinho, escondido no porão. Tirei-a da noite e levei para minha casa. Nasceram os três filhos, achei que devia casar. Soube que, o negócio das joias, tem procurado as amigas da boate. Todo o dinheiro que dou, não sei o que ela faz. Joga na loteria com esperança de pagar as dívidas.

Até o dia do bendito casamento da Lili, essa me convidou para padrinho. Um vestido de cetim preto para a Maria. E uma nota grande, metade para o presente, metade para a cabeleireira e a manicura. Trabalhando à noite, só fui vê-la de manhã. Que desgraça, doutor. De amarelo tingido o cabelo. Uma senhora de quarenta e cinco anos, já viu? Ficou de ir ao salão e pintar de outra cor. Muito tarde, a festa às onze horas. Ela disse que às dez de volta. Era tempo bastante.

Deitei para dormir um pouco. Me acordou, dez e meia. Olhei bem para ela. Disse que não. Caso eu não fosse, então ia sozinha. Toda embonecada, saiu. Ali queimando de febre o menino com varicela.

Cochilei, por volta de duas horas chegou um amigo. Eu o padrinho, fazendo falta, não podia deixar de ir. Me arrumei depressa e fomos no meu carro. Da porta vi a Maria. De pileque. Para evitar escândalo, conversei com a patroa do Neno. Tem viveiro no quintal, dele perguntei e dos canarinhos. A Maria tropeçando de bêbada, um caneco de chope na mão, aos gritos que de tudo sabia. A mãe da Lili a chamou para o quarto, buscando acalmá-la.

Achei que o melhor era ir embora. Já no carro, a Maria veio correndo e atirou o canecão no para-brisa, sorte não quebrou. Em casa, tomei um copo de leite, por causa da úlcera. Paguei a diarista, ficasse com o menino até a Maria voltar.

No clube, de noitinha ela apareceu, ainda embriagada. Por força queria dinheiro. Pedi que fosse para casa, havia reinado bastante naquele dia. Ela se conformou e saiu. Fui à cozinha tomar um cafezinho. Mal pego na xícara, quem ali na porta? Já de revólver na mão: *Agora, seu bandido, você me paga*. Dois tiros a par do meu pé. Um terceiro acertou na perna esquerda acima do joelho. Me agarrei na mesa e derramei o café no chão.

A cafezeira atrás do balcão saiu correndo e esbarrou na Maria. Me apontava o revólver e, graças a Deus, o tiro desviado para o ar. Na confusão entre as duas, o Jorge que chegava pulou em cima. Mais um tiro na parede. Não sei que fim levou a arma, eu deixava em casa para proteção dela e dos filhos. Sei que fui ficando tonto e fraco, perdi bastante sangue. No pronto-socorro desde sábado à noitinha até a manhã de terça.

Não é a única vez que sou atirado pela Maria. A primeira ainda na boate, um fim de noite, ninguém se entendia. Na segunda, ela me encostou o revólver no peito e fez fogo para o alto: *Você não presta nem pra morrer.*

Depois eu soube que fugiu para casa, fechada no quarto com o menino nos braços. O pobrezinho chorava de febre. Ou medo da mãe louca e descabelada.

Saí do hospital, dei dinheiro para os filhos. Quem ali de joelho e mão posta? Ia deixar comigo as crianças e se perder na noite. Respondi que a decisão era da justiça.

Se quisesse matar, de tão perto ela não tinha errado. Estou bom da perna. Já perdoei e fizemos as pazes. Aqui entre nós, doutor, não é feia de cetim negro e cabelinho loiro.

Mas não se mata cachorro?

Eu vivia bem com o João. Até o dia em que trouxe o Tito para casa. Amigo de infância, pintor, desempregado. Sempre rindo, tocava violão. No começo não o achei de boa aparência.

Ficava o dia inteiro no serviço, o João. Uma tarde o Tito me agarrou na cozinha, mesmo de pé atrás da porta. Não gritei, o menino brincava debaixo da janela.

— Minha perdição, loirinha.

Louco de ciúme, proibiu de agradar o João e jurou de morte com a faquinha. Erguia o lençol para ver se era traidora. Queria que fugisse com ele.

— E do anjinho, o que será?

No sábado com um biscate trouxe duas garrafas de pinga:

— É uma festinha, minha gente.

Cantou a tarde inteira no violão. O João bebeu e o acompanhou. De repente encolhido no canto, triste e calado.

— Não pense, negão. Que me engana.

— O que é isso, amigo velho? Nem brincando.

— Sei que tem um caso com essa aí.

— Não me ofenda, João. Colega de infância, puxa. Você não me quer, amanhã eu me vou.

O João riu sem graça. Era feio o olhinho bêbado.

— Que nada, negão. Se alguém sai daqui, sou eu.

Bebeu mais, cantou e foi para o quarto. Dormia vestido, com punhal debaixo do travesseiro.

— Ele sabe, meu pretinho. Ainda nos mata, você e eu. Dormindo.

— Pare de me atentar, diaba.

— Se a gente não cuida dele primeiro.

Preguiçoso, era de boa paz.

— Volto para casa. Depois venho te buscar.

Botei mais bebida no copo.

— Temos de dar um jeito, pretinho. Não aguento mais. Na cama com esse cachorro louco.

— Não comece outra vez.

— O que ele quer, sabe, que eu faça? Se fosse a última mulher da rua. Até me tira sangue.

— Ah, esse maldito me paga.

— Se não der um fim nele, acho outro que possa.

Sentou-se no degrau da cozinha, sempre a coçar o narigão. Foi lá fora, desmanchou o balanço do piá, voltou com a corda.

— Isso é para enforcar o desgraçado.

Quis provar e me apertou o pescoço. Bem que doeu.

— Mais fácil acabar com você.

Sem camisa, ficou no sofá da sala. No quarto cobri o menino que gemia sonhando. Deitei ao lado do João. Olho aberto no escuro, as três pancadas de leve na sala. Me cheguei e fui passando a mão no porco. Roncava de barriga pro ar, não se virou.

Duas vezes o Tito veio até a porta e fez sinal. Na terceira, me levantei. Fingi que ia ao banheiro.

— Fique só de calcinha — ele cochichou. — Mexa com ele. Mas não deixe fazer nada. Senão morrem os dois.

Fiz o que mandou, de calcinha preta de renda. Mesmo assim o João, bêbado, não acordou.

O Tito ali da porta me acenava. Achei que estava com medo:

— Como é, pretinho? O que está esperando?

— Se ele não te pega, me falta coragem.

Me encostei nele, enfiei toda a língua na dentuça branca.

— Você entra agora...

— Deixe ele, bandida. E venha comigo.

— ... ou tudo acaba. Não tem vergonha? Um bruto homem. Ele, pequeno e fraco.

Voltei para o quarto, me ajoelhei ao lado da caminha. Ao longe o ronco pesado de um caminhão. Ouvi os pés do Tito se arrastando devagarinho, não me virei.

O João deu um grito. Depois um gemido fundo. Debateu-se um pouco e foi tudo.

O menino estremeceu no sonho, mas não acordou.

O Tito saiu e eu atrás: tão pálido, tremendo tanto, que não podia. Enchi para ele o copo de pinga pura. Me viu só de calcinha, derrubou no sofá.

— Nunca foi tão gostosa, loirinha.

— Agora tem de botar o calçado e o paletó.

— Isso não faço.

De mansinho, o piá não acordasse, vesti no João o paletó e o sapato, mesmo sem meia. Arrumei o lençol todo remexido. O Tito trouxe um tijolo do quintal, calcei o pé da cama quebrado.

Duas horas depois o João ainda lá na cama. O Tito não fazia nada, sentado no degrau, mãos na cabeça.

— Está vendo? Se você o levasse, já tinha acontecido. Ninguém ia saber.

Mas ele não se decidia. Então o arrastei de novo para o sofá. Os dois lavados de suor.

Daí enrolou o João no cobertor cinza e, pelos fundos, carregou-o nas costas. Deixou estendido lá no meio do asfalto.

Quando voltou, eu tinha feito café bem forte. Gemia de fome; fritei quatro ovos com linguiça, que ele comeu e se lambeu. Ao longe, o ronco furioso de caminhão, um olhava para o outro e ficava escutando.

Entrei no quarto, o piá de olhinho arregalado:
— Mãezinha, o que foi...
— Nada não, filhote.
— ... um gemido?
— Foi sonho.

Quando voltei para a sala, o Tito:
— Esse menino, se ouviu o grito...
— Ele dorme, o anjinho.
— ... é o nosso fim.

Três horas depois um carro parou diante da casa. Os tiras desceram, um deles com o paletó do João no braço. Se era ali que morava, a que hora tinha saído. Afinal contou que estava morto na estrada.

Comecei a chorar, aos gritos:
— O que vai ser, ai de mim?

Sempre aflita que, em noite escura, bêbado, por um caminhão fosse atropelado.

— Ai, ai de mim. Só eu com meu filhinho?

O Tito veio da cozinha arrastando o chinelo e esfregando o olho. Certo, o amigo não contente com as duas garrafas em cima da mesa, quis beber mais umas pingas.

— Ainda disse que ele não fosse.

O tira nos convidou a depor na delegacia. Deixei o menino com a vizinha e fomos de carro, os dois inocentes. A gente não sabia que o maldito motorista estava bem acordado e, apesar da neblina, parou o caminhão antes de esmagar o corpo.

Me fecharam numa sala e o Tito noutra. O delegado perguntou se eu não tinha vergonha, um negrão feio daqueles. Acendi um cigarro e não respondi.

Esse bobo do Tito, muito nervoso, não é que contou tudo: a corda do balanço, o cobertor cinza, o tijolo no pé da cama?

Se eu não podia negar, então o culpado era ele, que me obrigou. O delegado insistiu, ergui o vestido, mostrei a calcinha de renda. Já que estava perdida:

— E cachorro louco, doutor? Mas não se mata cachorro?

Sete haicais

[1]

Assustada, a velha pula da cadeira, se debruça na cama:
— João. Fale comigo, João.
Geme fundo, abre o olhinho vazio, soluça um palavrão:
— Bruuuxa... diaaaba...
— Ai, que susto. Graças a Deus.

[2]

Deitados na cama. Ele vestido, até de óculo. Ela, todinha nua. O homem ordena que apague a luz. Ela obedece, volta para a cama, estende a mão.
— Não. Não faça isso. Não diga nada.
Bem quietinha, percebe que se consola sozinho.

[3]

— Por que não quer viver comigo? Acha que sou um monstro?
— Bonito, sabe que não é.

— Você gosta do cara?
— Nem tanto.
— Mais dele que de mim?
— ...
— Só porque sou preto?

[4]

— Ai, que moça deliciosa. Quase não falou. Até o silêncio era inteligente. Sorriso triste, é verdade. Mas que dentes, que olhos!
— Lili? Fraca da ideia, coitada. Não desconfiou pelo sorriso? Até hoje molha na cama.

[5]

O velho compra um naco de queijo e avisa:
— Se você pega eu te corto em pedacinho.
A velha tem de pegar quando limpa o armário. Daí recebe um tapa na orelha, dois empurrões e cai sentada.
— Conheceu, sua diaba?

[6]

— Você anda de romance com outro.
— Vou me encontrar com um homem. E daí?
— Cuidadinho, menina.
— Já não presta na cama. Você não é de nada.
— E quem paga o teu dentinho de ouro?

[7]

Nhô João, perdido de catarata negra nos dois olhos:
— Me consolo que, em vez de nhá Biela, vejo uma nuvem.

Hoje é o dia

Cansado chegou e brabo, é guardião da noite na fábrica, foi se deitar. Lá pelas onze horas saiu do quarto. Bocejando, esfregava o olhinho vermelho. Mandou o Teco:

— Vá comprar uma garrafa de pinga.

O João beliscou feijão com pão e bebeu quase toda a garrafa. De tarde a vizinha me chamou para a reunião das mães na igreja. Ele me viu de vestido azul e franjinha. Gritou para o Ditinho:

— Me traga meia garrafa de pinga.

Seis horas voltei da reunião, a menina alegrinha no colo. Ele já estava reinando. Quando bebe, mostra a faquinha na cinta. Muito ligeiro, risca a parede, faz cruz no soalho. Bate no peito — magro, dá pena — e desafia os vizinhos. Joga o cachorrinho ganindo pela janela. Surra os filhos, de mim tira sangue. Me agarra pelo cabelo, depois quer fazer de tudo, até o que uma mulher da rua tem vergonha.

— Hoje o teu dia. De hoje não escapa.

— Ai, João. Olhe as crianças. Na frente delas, não.

— Pensa que não sei? Aonde foi? Com tua comadre. Essa velha cafetina?

— É a bebida falando. Não comece outra vez.

— Ah, é? Sua cadela corrida. Hoje o teu fim. Um já matei. Mais uma não me custa.

Não respondi, uma vez já tinha me esfaqueado. Cortou a ponta do mindinho esquerdo — e sabe que faz falta? Botei o anjinho no berço. Arrumei na sacola a marmita e a garrafa de café preto. Ele falou para o Nando:

— Corra na fábrica. Avise que hoje não vou. Com muita dor de dente.

Dei o feijão pobrinho para os filhos e a mamadeira para a pequena. Com eles rezei na cama. Enxuguei a louça, varri a cozinha, fui me deitar. O João me atropelou, aos berros.

— Sua vaca. Esse aí, o maldito Nando. Acha que não vejo? É a cara do teu compadre.

Fiquei bem quieta. São quinze anos desse velho sofrimento. De repente me pulou, sacudiu pelo pescoço, estava me enforcando.

— Ai, santo Deus, me salve.

— Enquanto não der o teu fim, não sossego.

Nas últimas forças, consegui escapar. Bradei que os filhos pedissem socorro. Aquela gritaria, um dos vizinhos acudiu? Nem você.

O João me perseguia em volta da mesa. Peguei uma cadeira e foi em cheio na testa. Ele só tonteou, veio outra vez.

Achei a foice atrás da porta, lhe acertei no pescoço, o sangue espirrou longe. Ao erguê-la de novo, o ferro não sai do cabo, voa pela janela?

— Ah, desgracida. Olhe o que fez. Agora me paga. Você tem de morrer.

Me vi desesperada e perdida. Alcancei a machadinha no caixão da lenha. Fui batendo com força, torto e direito, sempre na cabeça. Só parei quando ele caiu, roncando feio no chão, se afogava na sangueira.

Ali em volta: meus pobres filhos. Tremendo, remordiam os dedos, choravam. Não quis olhar para o João. Ainda gemia, baixinho, debaixo da mesa.

Tão cansada, os braços moídos, com eles nem podia. Fraca, me sentei no degrau da porta. Chegou a comadre Júlia, afastou os piás, pegou no colo a criança — e sabe que dormia? O marido já vinha com a polícia.

— João, me perdoe. Eu não queria...

Por mais que eu sofra. Se ele falta, dos quatro anjinhos o que vai ser?

A casada infiel

No sofá, ela cruzou a coxa grossa, não resisti:
— Dá um beijinho, negra.
Sabe o quê, a desgraçada?
— Meu homem é o doutor Leo. Fomos duas vezes para a cama. Hoje bem satisfeita.

Minha doce companheira de quinze anos. Três filhos, o mais velho dela com um tal José. De repente, queria que lhe deixasse a casa, fosse embora. Sempre dei tudo para ela, até o que não tinha.

— Quem pagou o dentinho de ouro?

Com a crise fiquei desempregado. Ela, a secretária de um doutor. Contra a minha vontade do rei da casa.

— Você não é de nada, cara.

— Sempre cumpri minha obrigação. De pai, de marido. De homem.

— A preferida do doutor. Desde os treze aninhos. A Rosa é filha dele.

No começo foi boa mulher. Empregou-se de secretária e tudo mudou. Pensando nos três filhos, não podia me separar. Ainda alugou o quarto dos fundos para uma vagabunda, que desfilava sem roupa no corredor.

— Arre, João. Não vê que estou cansada?

Os filhos dormiam, quis deitar com ela, me deu o desprezo.

— Seja boazinha, anjo.

— Fui duas vezes para a cama. Com meu gostoso doutor Leo. Bem satisfeita.

Reformei a casa da sogra. Construí a nossa nos fundos, com amor e estas mãos calejadas. Plantei cinco fruteiras no quintal. Tudo com o meu dinheiro. Em quinze anos de economia.

— Aqui juntinhos, negra. Até a morte.

Procurei três advogados. Todos disseram que sem nenhum direito. Na casa nem nos filhos. Ela podia o que bem quisesse. Eu tinha ainda de pagar pensão.

— Devo cuidar do meu doutor. Agora viúvo. A Rosa é filhinha dele.

— E o Tito?

Bem me enganou que, esse, do tal José.

— É a mesma cara, não vê?

Falei com um guarda na rua. Ele disse que, segundo a lei, os três teria de prender.

— Hoje fomos para a cama. Duas vezes. Ele me beija, eu suspiro. Me aperta, eu grito.

— Não tem vergonha, negra? Maior traidora nunca vi.

— Com você não quero mais nada. Procure um túmulo para chorar. Já morri para você.

— Ah, sua ingrata.

— Amanhã tem de sair. Senão, como advogado, manda te prender.

— Esqueceu, negra? O amor que houve entre nós. Das minhas costas quem espreme os cravos?

Sem uma queixa, tudo suportei, esperando que ela mudasse.

— Já não te conheço. Tira a mão, cara.

Dormia de calça comprida, um punhal debaixo do travesseiro. Pôs vidro moído no meu pão.

— Esse maldito pigarro. Mão fria de defunto. Ai, que nojo.

Três meses na cama se negava.

— Tudo bem, negra. É o fim. Isso que você quer.

No boteco, bebi. Bebi até ganhar coragem.

Tudo quieto. Peguei a marreta ao lado do poço. Entrando devagarinho no quarto. Estava escuro, não me viu. Encolhida ali no colchão.

Dei-lhe uma vez na cabeça. Minto, foram duas. Na primeira marretada um pequeno suspiro. A segunda acertei de cheio. Ela nem acordou.

Se havia de morrer, a desgracida. Só gemeu. Agora mais alto. Fui até a cozinha, achei na mesa a faca de pão.

Afastando o comprido cabelo negro, cortei fundo a garganta. Quente, o sangue espirrou na minha mão. Enxuguei na camisa, certo que tinha degolado.

Era o que a bandida queria? Saí de mansinho. Os filhos nem se mexeram.

*

Quinze anos vivemos juntos. Fomos bem felizes. Até que começou a beber. Perdido no vício, nunca mais fez um carinho.

Temos dois filhos. O terceiro só meu, do primeiro marido. O João deixa os anjinhos chorando de fome. Que é o senhor da família, o rei da casa. De medo os piás fogem para o quintal. O menor de joelho e mão posta:

— Sai sangue, pai. Não, paizinho. Com o facão, dói.

Atirou contra a parede os três elefantes vermelhos de louça.

— Agora de quem é a vez?

Desempregado, desde cedo o copo na mão. Se eu pedia dinheiro:

— E você, mulher? Gorda e bonita. Por que não se vira?

Obrigada a trabalhar no escritório do doutor Leo. Invejoso e com ciúme, ele quis me proibir.

— Ah, é? Quem traz o pão das crianças?

Para se vingar o João desmontou a cama. Um mês que durmo no chão frio. Ele, no sofá da sala.

Mais eu gasto as unhas na máquina, mais ele empina a garrafa. Sete da noite, dançando e cantando na varanda, diante dos filhos:

— Lá vem a grande cavala. Rainha das sirigaitas.

Beijos loucos, seio de fora, deito e rolo no tapete xadrez com o doutor Leo.

— Pensa que não sei? Desde os treze anos.

A inocentinha Rosa outra vítima.

— Filha minha, não. Do teu querido doutor. A mesma cara feia.

Jantamos, os filhos e eu. Mandei o mais velho chamá-lo.

— O pai lá no quintal. De um lado para outro. Sacode o braço. Fala sozinho.

Pelas dez horas fomos deitar. Eu, no chão. Os filhos no quarto ao lado.

No sonho uma chuva negra me lavou o cabelo. Quis me sentar, não pude. Fui erguer a cabeça, sem força.

Passei a mão na garganta. Ó Deus, não. Me afogando no sangue doce e quentinho. Bradei para a filha, acendesse a luz.

Meio cega, me arrastei até a casa de minha mãe, que chamou o socorro. Mal podia gemer, sufocada no próprio sangue.

A velha aos gritos de ver o corte feio na garganta e o grande buraco na cabeça.

Entre a vida e a morte por três dias. Aos poucos melhorei. Uma semana depois saí do hospital. Na cabeça foram sete pontos. Mais treze no pescoço. Ainda muito fraquinha e tonta.

O bandido se entregou na mesma noite. Bêbado, jurava que tinha sangrado e esfolado. E, o que dói mais, arrependido não estava.

Balada do vampiro

Deus por que fez da mulher
O suspiro do moço
Sumidouro do velho?
Ai só de olhar eu morro
Se não quer
Por que exibe as graças
Em vez de esconder?
Imagine então se
Não imagine arara bêbada
Pode que se encante com o bigodinho
Até lá enxugo os meus conhaques
Olha essa aí rebolando-se inteira
Ninguém diga sou taradinho
No fundo de cada filho de família
Dorme um vampiro
Muito sofredor ver moça bonita
E são tantas
Bem me fizeram o que sou
Oco de pau podre
Aqui floresce aranha cobra escorpião
Pudera sempre se enfeitando se pintando
Se adorando no espelhinho da bolsa
Não é para me deixarem assanhado?
Veja as filhas da cidade como elas crescem

Não trabalham nem fiam
Bem que estão gordinhas
Gênio do espelho existe em Curitiba
Alguém mais aflito que eu?
Não olhe cara feia
Não olhe que está perdido
Toda de preto meia preta
Repare na saia curta upa lá lá
Distrai-se a repuxá-la no joelho de covinha
Ai ser a liga roxa
O sapatinho que alisa o pé
E sapato ser esmagado pela dona do pezinho
Na ponta da língua a mulher filtra o mel
Que embebeda o colibri alucina o vampiro
Não faça isso meu anjo
Pintada de ouro vestida de pluma pena arminho
Olhe suspenso a um palmo do chão
Tarde demais já vi a loirinha
Milharal ondulante ao peso das espigas maduras
Como não roer unha?
Por ti serei maior que o motociclista do Globo da Morte
Uma vergonha na minha idade
Lá vou atrás dela
Em menino era a gloriosa bandinha do Tiro Rio Branco
No braço não sente a baba do meu olho?
Se existe força do pensamento
Ali na nuca os sete beijos da paixão
Já vai longe
Na rosa não cheirou a cinza do coração de andorinha
Ó morcego ó andorinha ó mosca

Nossa mãe até as moscas instrumento do prazer
De quantas arranquei as asas?
Brado aos céus
Como não ter espinha na cara?
Eu vos desprezo virgens cruéis
Ó meninas mais lindas de Curitiba
Nem uma baixou sobre mim o olhar vesgo da luxúria
Calma Nelsinho calma
Admirando as pirâmides marchadoras
De Quéops Quéfren Miquerinos
Quem se importa com o sangue de mil escravos?
Ai Jesus Cristinho socorro me salve
Triste rapaz na danação dos vinte anos
Carregar vidro de sanguessuga
Na hora do perigo aplicar na nuca?
Já o cego não vendo a fumaça não fuma
Ó Deus enterra-me no olho a tua agulha de fogo
Não mais cão sarnento comido de pulgas
Que dá voltas para morder o rabo
Em despedida
Ó curvas ó delícias
Concede-me essa ruivinha que aí vai
A doce boquinha suplicando beijo
Ventosa da lagarta de fogo é o beijinho da virgem
Você grita vinte e quatro horas
Estrebucha feliz
Tão bem-feitas para serem acariciadas
Ratinho branco gato angorá porquinho-da-índia
Para onde você olha lá estão
Subindo e descendo a rua das flores

Cada uma cesto cheio de flores rua lavada de sol
Macieira em botão suspirosa de abelha
No bracinho nu a penugem dourada se arrepiando
Aos teus beijos soprados na brisa fagueira
Seguem a passo decidido
Estremecendo as bochechas rosadas
O aceno dos caracóis te pedindo a mordida no cangote
Ao bravo bamboleio da bundinha
Até as pedras batem palmas
Sei que não devo
Muito magro uma tosse feia
Assim não adianta o xarope de agrião
É tarde estou perdido
Todas elas de joelho e mão posta
Para que eu me sirva
O relampo do sol no olho
Ao rufar dos tambores
No duplo salto-mortal reviro pelo avesso
Sem tirar o pé do chão
Veja o peitinho manso de pomba
Dois gatinhos brancos bebendo leite no pires
Chego mais perto quem não quer nada
O que é prender na mão um pintassilgo?
Sou fraco Senhor
O biquinho do pintassilgo te pinica a palma
E sacode da nuca ao terceiro dedinho do pé esquerdo
Derretido de gozo
Uma cosquinha no céu da boca
Prestes a uivar
Estendo a mão agarro uma duas três

Já faço em Curitiba um carnaval de sangue
Ai de mim
Quem me acode
O soluço do pobre vampiro quem escuta?

Quem matou o Caju

Bom comportamento, faz quinze dias saí da cadeia. Um já sangrei e esfolei. Por um pedaço de osso na sopa do albergue.

Foi ontem. Eu, o Penha, o Negão e o Caju, lá no velho cemitério. Que vergonha, doutor. Só despacho, já viu, no meio dos túmulos.

Bebemos umas nove garrafas de pinga. Era da boa. Certo que o Caju botou a língua de fora. Sei lá quem o arrochou. E jogou na cabeça o vaso de copo-de-leite. Bem que o Negão estava com a gente.

Não sei por que foi morto o Caju. Nem quem foi. De bronca nenhuma lembro. Dele não apanhei, só uma transa com a china, de todos não é?

Lá na Cruz das Almas enxugamos sete, oito garrafas. Todos borrachos. Quase me sentando de bobeira. Epa, uma confusão entre o Caju e o Penha. De boa paz, fui apartar. Acho que no Caju dei umas porradas. Tão bebum, quem se lembra?

Apanhei dos tiras para contar. Sei lá o que aconteceu. O Caju caído entre os túmulos, sem o boné. Se eu dei com o vaso de flores na cabeça? O doutor sabe? Nem eu.

*

Encontrei o Penha, o Zé, o Caju. Lá na Cruz das Almas. Um mais pinguço que outro. Já se atracavam o Penha e o Caju. Por causa de um boné velho. Daí a vez do Caju e o Zé. Bem no túmulo da santinha Maria Bueno.

O Zé e o Penha derrubaram o Caju. Só fiquei olhando. Tão borracho, de pé quem parava? Já não fosse coxo de uma perna. Ninguém se entendia. Do Caju até gostava, nunca brigamos pela china faceira.

Sei lá o que aconteceu. Pudera, nove, onze garrafas de pinga? Da boa, doutor. Se dormi ali mesmo, se fui embora, não me lembro. A mãezinha na janela enquanto não chego.

*

Maloqueiro não sou. Faço pequenos biscates. Descarrego caminhão na feira. Ontem estava com o Negão, Zé do Osso e Caju. Lá no cemitério, a par da Cruz das Almas. Um carnaval de frango com farofa, charuto e cachaça. Da macumba largada nos túmulos.

Mais três garrafas perto da velha capela. Era pinga da boa. De repente o Zé e o Caju não se entendiam. Uma vez o Caju afanou o meu boné. Quis trocar pela china. Mordeu a minha orelha esquerda, o sinal até hoje.

O Zé dedou o Caju de enrustir no saco uma garrafa cheia. Riam os dois, mal trocavam soco e pontapé. Cada um caía sozinho. Sem querer o Zé acertou uma cacetada. O Caju não conseguiu se levantar. Bem machucado, botando sangue pela boca e o nariz.

Fiquei ao lado do Zé. Uma china, doutor, não vale boné velho de couro. O Negão de pé não podia parar.

Só xingando e cuspindo de longe. Mesmo sentado, chutou o narigão vermelho do Caju. Chegava de briga, para todos tinha cachaça.

Cansados de malhar, deixamos o Caju lambendo o sangue. Meio escondido atrás de um túmulo. Catamos duas ou três garrafas na cruz da madrinha Bueno. Mais uns goles, o Zé me convidou para acabar o serviço.

*

Lá estava o bichão, caído e gemendo, ainda vivo. Tirei dele a cinta de couro sem fivela. Raiva não tinha. Afoguei devagarinho o pescoço. Até achei graça no olhão vesgo do Caju, a bruta língua de fora.

Bufando, ergueu o Zé um grande vaso de barro. Esmagou a cara do Caju. Daí pisava na cabeça e o corpo todo. Só parou com o ladrão bem quieto.

Cadê o Negão da perninha dura? Eu e o Zé botamos o saco nas costas. Cada um do seu lado.

Hoje pedia pão numa casa. Fui dedado pelo Zé do Osso, no carro da polícia. Isso aí, doutor. Cuspi no Caju e arrochei a goela com o cinto. Mas o Zé acabou o serviço. Com o vaso de flores moeu a cabeça. Tirou sangue da boca sem dente. Chutou a barriga-d'água. Um grande suspiro, o Caju se apagou.

Querida amiga

Essa vida ainda me leva à loucura
Que Deus me livre
Não basta a mãezinha acabou no asilo
Aquela mania de botão dourado conchinha
Carretel vazio
Já te contei da última surra
Esse maldito João
Murro no olho pontapé na barriga
Chorei me descabelei pobre de mim
Dona Rosinha acudiu
Queria chamar a polícia
Assim não pode continuar
Bem sabe que casei obrigada
Aquele bandido meu cunhado Tito
Desde criança abraçada por ele
Menina começou a beijar com mais força
Na boca e no corpo
Uma vez até rasgou o biquine
A minha honra ameaçada
Eu não quis ceder aos loucos beijos
Sem dó me atirou nos braços do João
Juro que desde a primeira vista
Só nojo e ódio
Esse não foi o moço que sonhei

Tudo fiz para amá-lo
Você conseguiu comadre
Não conseguiu? nem eu
Os filhos que me ajudaram bastante
A aguentar todos esses anos
Ele cada vez mais assassino
Mais cainho e bruto
Só eu e Deus sabemos
Cansei de fingir que o amava
Ser a escrava a mulher a mãe
Chega de apanhar
Sempre rastejando aos pés
Sofri todos os horrores
Bêbado queria fazer de tudo
Até o que uma mulher da rua tem vergonha
De mim tirava sangue
Ah não pede mais? é polaca fria
Antes de deitar esfreguei no corpo
O repelente contra mosquito
Pensa que adiantou?
Hoje estamos separados na mesma casa
Eu num quarto ele noutro
Perdeu toda a honra de homem
E o respeito de pai
Cada vez que falamos é para discutir
Então fiz uma cruz na boca
Lá no corredor um bicho nu peludo
Espumando o dentinho de ouro
Dois inimigos
Sirvo pó de vidro e barata

Na sopa de feijão
O fim de tudo
Quebrou na pia o elefante vermelho
E para beber
Roubou as moedinhas da filha
Vida mais desgraçada
Meu coração dá gritos
Derramo álcool no vestido boto fogo
Pelada me afogo no poço
Chorei a última lágrima
Com dois buracos no rosto
Ele está chegando ouço a chave na porta
Começa tudo de novo

O diabo no corpo

Catorze aninhos eu tinha. O João esperava na esquina do colégio. Um mês depois, me pediu em noivado. Meus pais não gostaram, apareceu bêbado lá em casa. Inocentinha, tanto que chorei, eles deixaram. O noivado pouco durou. O João de cabeça quente, o ano da formatura na faculdade, sumiu sem adeus. Quando fiz dezessete, ele voltou e casamos.

Dois filhos mais lindos, a garota com oito, o piá com cinco. Desde noivo, para acalmar os nervos, o João bebia. Nasceu a menina, queria que o imitasse. Com umas e outras, a gente ficava em doce bobeira. Às vezes discutia, quem se lembra por quê? No começo era uísque, depois a velha pinga. Queixava-se de não conseguir emprego. Como podia, se acordava de garrafa na mão?

Uma noite derramei água fervendo na perninha do nenê. Minha mãe fez que me internasse no asilo. Lá fiquei trinta dias. De volta, o João bebendo na minha frente, enchendo o meu copo, você resistia? Dormi com o cigarro aceso, botei fogo no berço do anjinho. Esse, graças a Deus, ao pé da cama. Fui parar no asilo, mais vinte e um dias.

Jurava nunca mais beber. E seguir o tratamento em casa. Chegando em casa, não o acompanhasse, meu

João brigava. Desde menino, viciado pela própria mãe. No início foi aquela festa. Lhe deu na fraqueza o vinagrão, chorou, se descabelou. Queria fazer de tudo. Até o que uma mulher da rua tem vergonha.

Não é que me avançou com uma faca? Minha mãe ali na cozinha soltou um grito e caiu de costas. Quanta vez ele tentou me esgoelar? Olhe o sinal das unhas no pescoço. A soco e pontapé me perseguia em volta da mesa, obrigada a pular a janela.

A velha pedia que o abandonasse. E, infeliz de mim, eu podia? Se era meu grande amor. Sóbrio, quem mais santinho que ele? Borracho, era outro, assassino da minha alma.

Naquele dia acordou gemendo que tinha sonhado com o diabo.

— Menina, estou com o inferno no corpo.

Rebateu o tremor com pinga pura. Era domingo, minha mãe trouxe macarrão, batatinha, chuchu. O almoço alegre, toda a família riu bastante. A velha o considerava seu filho mais velho, o João a chamava de mãe. Bem o demônio me tentou: preparei um litro de caipirinha. A velha se ofendeu e foi embora.

O João me abraçou, dançamos juntinhos na sala. Ele, eu tropeçava, as crianças batiam palmas. Um copinho e outro, assistimos ao jogo pela tevê. De repente, olho espumando sangue, deu grande berro:

— O capeta voltou. Ele não me deixa. Sai, maldito.

Decidiu dormir no carro; sem gasolina, já não saía da garagem. Meio tonta, servi chá para os filhos. Deitamos na cama para ver um filme, cochilei.

Lá pelas sete da noite. Murro e pé na porta. Capengando na varanda, era o tinhoso? Gritou meu nome.

— Bandida, hoje não escapa.

Abri o trinco. Já pulou dentro, me sacudiu pelo pescoço, até perdi o fôlego. Os pobres meninos bem quietos.

Daí agarrou a faca de pão sobre a mesa, ao lado do bolo de fubá. Me acertou duas vezes na coxa, perto da virilha. Grandalhão, quase cem quilos, ainda zonzo e fraco.

Derrubou a faca, peguei primeiro, empurrei uma só vez.

Foi sem querer, ele segurou a barriga:

— Ai, menina. Estou ferido.

Cambaleando na rua, eu atrás. Tropeçava, caiu de joelho:

— Me acuda, amor. Que eu morro.

Olhei a camisa amarela, só sangue.

— Fique aí, meu velho. Não saia daí.

O que eu disse: Não saia daí. O triste mal se mexia. Em desespero, bati na porta do vizinho.

— Socorro, sargento. Furei meu marido. Com a faquinha de pão. Ajude, por favor.

Me viu descalça e bêbada, sem acreditar.

— Só quero que ele não morra.

O desgracido ali parado.

— Corra, sargento. Por favor. Me acuda.

Nem fazia diferença, era tarde. Chorando, ajoelhei ao lado do João. O meu sangue molhava a coxa, escorria devagarinho na perna. Os dois filhos olhavam de longe.

Oito haicais

[1]

A mãe Rosa, 45 anos, e a filha Gracinha, 21, enfeitam-se com as melhores roupas. Na cozinha estendem cobertores e colchas de renda. Ajeitam as cinco bonecas sentadinhas na pia. Vedam porta e janela com jornais velhos. E abrem o gás.

O forte cheiro incomoda os vizinhos, que chamam a polícia. O cabo Tito arromba a porta de serviço. Dá com a mulher deitada, as mãos sob a cabeça, assim esteja dormindo. E a filha sentada a seus pés.

No colo da boneca de azul uma carta. Ao pai e marido ingrato. Sem endereço.

[2]

Ela me dá um tapa no rosto:
— Você não é homem.

Agarro o punhal, um corte fundo no pescoço. Quando empurro na barriga, ela geme:
— Agora eu descanso.

De baixo para cima, enterro mais uma vez. Só para certeza.

[3]

— Uma sanguessuga das gordas é o meu amor, grudada na tua nuca.

[4]

Era domingo. Bebemos meia garrafa de pinga. Brincamos bem bom. E sentamos na varanda para tomar sol.

Ela começou a me fazer cócega. Eu não gosto. Com raiva lhe dei um soco no rosto e um pontapé na barriga.

Ela caiu e pensei: Essa aí está bêbada. Porque não se mexia, joguei uma caneca d'água no rosto. Não se levantou.

— Pare de fingir, menina.

Cheguei perto. Chamei três vezes. Não é que defunta?

Bem eu gostava dela. Mal ajeito a vida acontece essa desgraça. Pobrinho de mim, o que vai ser?

[5]

— Já viu pretinho faminto no colo da mãe, olho branco derretendo o sorvete na tua mão?

— ...

— Sou o pretinho, você o sorvete.

[6]

— Por que não deixa sua parte, nhô João, para a Filó? Já solteirona, mais de quarenta anos.
— Ela casa com um carniça e me bota fora de casa.

[7]

— Lá vai a Maria. Gingando a velha perna de borracha. Sabe que gosta de baile?
— Depois que ela perdeu a perna…
— Mas não dança. Só acompanha as filhas.
— … o João ainda fez a caçula.

[8]

Na hora de assinar, todo soberbo o velhote, no seu oclinho torto:
— O meu nome, qual é? Quem mesmo sou eu?

Três mascarados

Ontem à noite, sonhava a par do meu João, descadeirada do bendito tanque. Toda a família dormindo, eu deitada do lado esquerdo, o João voltado para a porta. Senti um movimento, pensei fosse ele se mexendo e, como sempre faz, passando por cima de mim o braço.

Ao me virar ou tentar me virar tive a boca tapada e vi três bandidos dentro de casa. Não sei se havia mais um, me pareceu vulto branco ali na porta. Se era gente não tenho certeza.

Os três estavam mascarados e vestidos de preto, um de calça branca. Como ia dizendo, esse me tapava a boca. Outro, com uma barra ou cano de ferro, batia na cabeça do João, quatro e cinco vezes.

O que me afogava a boca me torceu o braço para trás, segurou as mãos. Até que o outro acabasse com o João. Querendo escapar, me sacudi e esperneei. Ele disse:

— Quietinha, dona. Que eu te mato.

Daí o outro:

— Deixe comigo. Já cuido dessa aí.

Soprou o charuto preto no meu rosto. Me senti tonta, faltou a vista, esmoreceu o corpo.

O tal ficou perto de mim. O outro olhando o João se ainda se mexia. O terceiro revirava o guarda-roupa, achou a carteira. Quase não conversavam. Tudo que disse:

— Olhe, cara. Um pé de chinelo. Só tem mixaria.

Acho que ficaram uns quinze minutos. Porta ou janela, não sei como entraram. A porta fechada por um trinco de correr. As janelas são três com tramela de pau, todas iguais.

Quando eles saíram, fiquei uns cinco minutos sentada e abobada, sem força de me mexer. Assim que pude me virar, olhei para o João e vi todo ensanguentado. De olho torto já não falava.

Em pé, meio atordoada, me segurei na caminha. Ainda bem os dois filhos não acordaram. O sogro é vizinho de grito, corri dar a notícia. Isso lá pelas onze horas, ele chamou o socorro.

O João era biscateiro. Nunca fiquei sabendo quanto ganhava. Ele recebia e pagava as contas. O que sobrava era pouco, um naco de pão duro, às vezes nada.

No maldito vício da cachaça. Deixava o serviço pelas quatro da tarde, perdido nos botecos. Chegava em casa às sete, nove ou mais, nunca tinha hora certa. Muito brabo e ciumento, triste de mim, proibida de sair, a não ser ali na sogra. Nem queria que os anjinhos brincassem na rua, debaixo da janela.

Bêbado, maltratava as crianças e me judiava muito. Queria fazer tudo na cama, o que era costume das mulheres da rua. Duas vezes já estivemos apartados. Um ano depois de casada, ficamos nove dias longe. A outra faz pouco tempo, viajei com sacos de roupa, filhos e panelas. Na primeira fui eu que voltei. Na segunda ele me procurou.

Da última vez foi preso no distrito, armado de facão me perseguia para degolar. Tinha os papéis dos meninos e não queria devolver. Quando foi me buscar, prometeu à minha mãe não beber e nunca mais brigar. De nada valeu a promessa, ficou pior e passou a beber ainda mais.

Como lhe dava na fraqueza, exigia que eu fizesse artes. Para evitar briga me submeti a essas baixezas, até contei para dona Rosa. A sogra se benzeu:

— Assim acaba morrendo, minha filha.

Ele gritou ainda mais. Bem aquilo eu aprendia com outros. Se não aceitasse, quando fosse dormir, me cortava direitinho o pescoço.

Logo eu, tudo fazia para ele e dava na mão. Até a comida punha no prato, que jogava contra a parede:

— Acha que não sei? Ah, sua diaba. Que é vidro moído?

Já não tinha sossego, passava o tempo desgostosa, chorando o dia inteiro. Tanto desespero, só pensava em me afogar no poço, abraçada com os dois anjinhos.

O João já matou um, o crime nunca foi descoberto. Um pastor de crentes, pisando no peito, para roubar. O João mesmo contou, dona Rosa também sabe. Fosse preciso, até o pai derrotava e sangrava. Sempre me dizia:

— Um já matei. Mais uma não me custa.

Em Antonina apareceu um profeta morto na beira da estrada. Pertinho do bar onde o João tomava umas pingas. Naquele dia precisou viajar para um serviço, estava sem recurso. O Luís, dono do bar, falou que o pastor tinha estado lá, com muito dinheiro no bolso.

Uns sete anos depois, o João me disse que havia matado pisando no peito, moendo o coração do pobre.

Deixou no meio da estrada, quem foi atropelado. Isso aconteceu num galpão, o João tinha levado uma mulher, o pastor estava lá e tocou os dois.

Por isso matou e ficou com o dinheiro. Me fez jurar que não contava a ninguém. Se não foi ele, como se arrumou para viajar no mesmo dia? E na volta comprar a calça de veludo e o blusão de couro?

Assim eu sabia do que era capaz. Como ia dizendo. Ontem chegou bêbado, me preveniu:

— Agora é tua vez, sua cavala.

Falava sério e, se eu faltasse, o que seria dos anjinhos? Esquentei o feijão, fritei dois ovos com linguiça, ele comeu e se regalou. Depois quis me agarrar. Fugi para o quintal. Me xingava:

— Ah, desgracida. Se ficar grávida, de mim sei que não é.

Acabou cansando e se recolheu. Da porta ainda jurou:

— Você não me escapa. Hoje é o teu dia.

Esperei que ele roncasse. Deitei as crianças na caminha, logo dormiam. Me bati pela casa, debaixo do soalho achei uma velha marreta, pode ir buscar que está lá, uma marreta pequena. Acendi a luz, marquei bem o lugar da cabeça.

Em seguida apaguei, me cheguei de mansinho, dei a primeira pancada. Ainda no escuro, dei mais uma. Ele só gemeu. Não teve tempo de acordar nem mesmo gritar.

Acendi a luz para ver. Uma foi de cheio, outra meio de lado. Ainda respirava, botando sangue pela boca e o nariz. Me obriguei a mais duas marretadas. Ou três, não sei bem. Você pensa que estava morto. Olhei de perto, não é que se mexia?

Debaixo do soalho escondi a marreta suja de cabelo e sangue. Espalhei pelo chão as roupas. Atrás da cama joguei os documentos. Peguei o dinheiro no bolso da calça, enfiei num rasgão do sofá, pode ficar para você. Daí me descabelei, me arranhei, perdi o chinelo:

— Alguém me acuda. Eles mataram o João.

Lá no sogro todos diante da tevê. Abri a porta, aos gritos:

— Sogra do céu. Mataram o João. Dois bandidos!

Vieram correndo e bradando. O pobre ali deitado. A cabeça grudada no travesseiro. Uma posta só de sangue. O coração ainda batia, ele saiu com vida, foi morrer no pronto-socorro.

Ficamos dona Rosa, eu e as crianças. Passado o choque, contei como tudo aconteceu. Os dois mascarados na casa, um me tapou a boca, outro dava cinco marretadas no João, o terceiro mexia à procura do dinheiro. A fumaça no rosto me deixou abobada e olho ardido. Já me atrapalhando se os bandidos eram três.

A velha me olhou bem:

— Meu coração diz quem foi.

Tremia de medo que ela descobrisse a verdade.

— Deus me livre, sogra.

— Sei que não casou virgem. Por isso tinha ciúme de você. Por isso não te deixava sair. Se queixando muito, que era ruim para ele. Te chamava de dona fria, mulher gelada. De volta do serviço, sempre o recebia de cara feia. Só por isso ele bebia.

Gaguejava, triste de mim:

— Sogra do céu. Pelo amor de Deus. Estou inocente.

A velha não chorou, me deu as costas, se fechou no quarto. As crianças dormiam ali na sala. Vim sozinha, não acendi a luz. Sabia que estava perdida. Do que fiz não me arrependo. Sofrer não aguentava mais.

De repente me deu cansaço de tudo, uma grande paz. Se a velha não desconfiasse, voltava com meus pais. Cochilei sentada no sofá. Menina descalça e feliz, correndo ao sol. Subia os degraus, a mão no bolsinho do avental branco:

— Veja, mãe. O que eu trouxe. Uma surpresa.

Acordei assustada com as batidas na porta. Depois você sabe o que aconteceu.

Canção do exílio

Não permita Deus que eu morra
Sem que daqui me vá
Sem que diga adeus ao pinheiro
Onde já não canta o sabiá
Morrer ó supremo desfrute
Em Curitiba é que não dá
Com o poetinha bem viu o que fizeram
O Fafau e o Xaxufa gorjeando os versinhos
Na missa das seis na Igreja da Ordem
O trêfego Jaime batia palminha
Em Curitiba a morte não é séria
Um vereador gaiato já te muda em nome de rua
Ao menos fosse de mulheres da vida
Nem pensar no necrológio
O Wanderlei já imaginou
Ó santo Deus não o Wanderlei
Sem contar a sessão pública dos onze positivistas
Oficiada pelo grão-mestre Davi
Nessa hora você desiste da própria morte
Em Curitiba é que não dá
O Sílvio iria filmar tua vida
Melhor não ter vivido
Dirá o Edu que foi teu amigo de infância
Antes nunca ter tido infância

Muito menos amigo
Tudo faça para não morrer
Em último caso
Que seja longe de Curitiba
Não avise mulher nem filho
Nada de orador à beira do túmulo
Já imaginou o presidente da OAB pipilando o verbo
Os trezentos milhões da Academia Paranaense
Arrastando-se de maca bengala cadeira de roda
Lá vem a desgraciada dona Mercedes
Com o chumaço de algodão
Para tapar tua narina olho ouvido
Por que o ouvido não sei
Ah ser morto o mais longe da dona Mercedes
Bem lacrada a tampa do teu caixão
A Juriti não há de chorar lágrimas fingidas
A Rosa Maria não dirá
Cismou sozinho à noite
Nem o tremendo Iberê no artigo de fundo
Morreu como um passarinho
Fuja da missa de sétimo dia
Tudo menos a famosa missa do sétimo dia
Cantada em falsete pelo dom Fedalto
Castigo bastante é viver em Curitiba
Morrer em Curitiba que não dá
Não permita Deus
Só bem longe daqui
Mais prazeres encontro eu lá
O que tanto em vida se defendeu
Nem morto já entregue

Às baratas leprosas com caspa na sobrancelha
Aos ratos piolhentos de gravatinha-borboleta
Sem esquecer das corruíras nanicas
Trincando broinha de fubá mimoso
Ah nunca morrer em Curitiba
Para sofrer até o Juízo Final
A araponga louca da meia-noite
O Vinholes e o Mazza gorjeando os primores
Que tais não encontro eu cá
Não permita Deus
Sem que daqui me vá
Minha terra já não tem pinheiro
O sabiá não canta mais
Perdeu as penas enterrou no peito o bico afiado
De sangue tingiu a água sulfurosa do rio Belém
Ao último pinheiro
Foi demais o dentinho de ouro do ex-padre Emir
Com raízes e tudo arrancou-se das pedras
Montou numa nuvem ligeira
E voou sim voou sobre as asas do bem-te-vi
Em Curitiba o teu fim
Crucificado numa trovinha assim do Salomão assim
Consolo único
São as flores roxas de pano
Na eterna saudade da Valquíria
Embebendo em gasolina o vestido negro de cetim
E ateando fogo
Dura e difícil de entender
A maldição do velho Jeová de guerra
Teu velório será no salão nobre da Reitoria

Rondando a porta lá estarão os carrinhos
De amendoim algodão-doce pipoca
Batatinha frita melancia em fatia
Se a gente não morre em surdina
Bem longe de Curitiba
A repórter Margarita anuncia no jornal das oito
Que você foi enterrado vivo
Teu rosto irreconhecível
Porém colorido
Aparecerá no próximo capítulo da novela
Podes crer amizade
Agora vem o Emiliano
Que é doce morrer em Curitiba
Para tua bostica de Curitiba
Isto aqui ô babaca
Veja o que fizeram com a Maria Bueno
Depois de santa é líder feminista
No bosque das flores murchas da Boca Rouge
Por sete dinheiros
Pagos pelo nego pachola e o polaquinho fanho
O Esmaga cuspirá no retratinho do teu túmulo
Ó supremo desfrute
Em Curitiba que não dá
Não permita Deus que eu morra
Sem que daqui me vá
Nunca mais aviste os pinheiros
Onde já não canta o sabiá

Minha vez, cara

Sou viúva, telefonista, mãe de quatro filhos. Trabalho das seis da tarde à meia-noite. Corro até a Praça Tiradentes, alcanço o último ônibus. Desço meia hora depois na pracinha. Ligeira, sem olhar dos lados, dez minutos estou em casa.

Já na esquina, os dois tipos ao meu encontro. Vou para o meio da rua. Quando cruzo com eles:

— Tia, que horas são?

Nem olho o relógio.

— Meia-noite e pouquinho.

Dou três passos, agarrada por trás. O grandalhão negro me fecha a boca:

— É um assalto.

Botando a faca no pescoço.

— Um grito. E já te corto.

O outro me encosta uma ponta dura nas costas:

— Quietinha. Senão atiro.

Rendida, entregue à sanha de dois bandidos, me arrastam para longe. Despojada da bolsa com pente, espelhinho, troco do ônibus. O relógio novo de pulso, duas alianças de ouro, anel de marfim, uma camiseta de mangas, outra sem mangas, garrafa térmica e sombrinha azul.

Me arrancam toda a roupa, inteirinha nua. Mão junta, gemendo e chorando:

— Meu Jesus Cristinho. Levem tudo. Podem levar. Só me deixem em paz. Por favor, não façam mal. Uma pobre mulher doente.

Não é que se chegam mais dois grandões? Bem quietos, mão no bolso. O negrão se coça, sem jeito:

— Oi, caras. Essa, não. A gente não contava.

É a polícia, respiro aliviada, sim, existe Deus.

— Mas não se amofinem. Dá pra todos. Certo, caras?

Os tais guardas nem piscam. Tão alegrinha, imagino estar salva:

— Por favor. Deixem os moços irem embora. Não fizeram nada de mal.

Não sabia que ali no matinho o palco de minhas sete mortes.

Então os quatro, um de cada vez, sem pressa me desfrutam. De todas as maneiras. Nas mais variadas posições.

O que nunca pensei na vida o negrão faz. Sempre fui mulher de respeito; o meu pobre João, ainda morto, não me deixa mentir. Ai de mim, não me sujeito ao capricho daquele monstro sem coração, assassinada por ele, que não está de brincadeira. Me tratando o tempo todo de vagabunda e nomes contra a moral.

Minto, o que me segura por trás, esse não abusou, só quer o dinheiro e o relógio. Os demais objetos repartidos pelos outros. Um deles, quando vem por cima, é rapazinho de uns dezesseis anos, cabelo caído no rosto, vesgo e franzino.

Em nenhum momento eu lhes encosto a mão. Não se chamam pelo nome. Só dizem:

— Oi, cara. Sai de cima, cara.

— Deixa agora pra mim, cara.

— É a minha vez, cara. Tem dó, cara. Tudo quer pra você?

O pior é o tal negrão, que me assaltou na rua, ameaçou de cortar o pescoço, me levou com o outro para o mato, lá forçou a me despir. Como ainda resisto, me dá socos no rosto com toda a força, acertando o ouvido e sangrando o nariz. Só ele goza três vezes, mais uma, aqui não, ali e outra bem assim, revelando ser o mais perigoso de todos.

Essas bestas se empurram na fila. Um por um fazem o que bem querem. Até que, satisfeito o imundo instinto, deixam que vista a calça e camisetinha. Me arrastam do mato, levada para a linha do trem. Três deles se afastam, cada um do seu lado. Nenhum olha para trás.

O negrão diz que me larga em casa. Mentira dele, para enganar os outros. Me puxa para um terreno baldio. Lá serve-se à vontade. Vem um carro de farol aceso e, para não ser visto, ele me derruba na valeta. Pastando no meu corpo, geme e suspira:

— Não precisa ter medo. Que não vou te matar. Como fiz com as duas japonesinhas.

Cachorrão louco, espumando, morde sem dó:

— Tia, não conte pro teu marido. Eu faço um carnaval de sangue. Não me custa nada. Já sou pinta manjada.

Dali promete me levar para casa. No meio do caminho muda de ideia. Carrega de volta para o matinho. Mais uma vez se regala.

De joelho e mão junta, peço que me poupe e tenha pena. Olhe para mim: uma posta suja de sangue. Tudo o que já fez não basta?

Entre dois tabefes, repete:

— Ai, tiazinha mais gostosa. Sabe que é uma coroa enxuta? Loirinha, como eu gosto. Vou te cobrir de joia. Quero que seja minha amante.

Já são quatro da manhã. Me deixa na esquina do encontro. Aponto a luz acesa de uma varanda:

— Ali que eu moro. Olhe o meu marido na janela. Ele já me viu.

O negro larga o meu braço, sai pulando, some na escuridão. Ele e sua catinga.

Toda doída, limpo a terra do cabelo. O sangue grudado no pescoço. O beijo podre cuspo da língua.

Agora, o pior: abro a porta, meu Deus. E olham para mim, os quatro filhos.

*

Meia-noite e pouquinho, diz a coroa. Tapo a boca e afogo o pescoço. O sócio garra por trás:

— Quietinha. Que nóis te mata.

Levamos pro matinho. A par da linha do trem. Lá se chegam dois bandidos, a gente não conhece. O cupincha faz a revista. Guarda o anel e o relógio. Me dá o dinheiro. As duas blusas e duas alianças, os caras pegam. Da sombrinha e da garrafa? Sei lá.

Todo mundo nu, eu digo. Ela mais que depressa. O parceiro se assusta com os estranhos. Não é de nada. Então a gente se serve.

A tia bem legal. Faz direitinho. Aceita numa boa o que você quer. Não dou soco nem digo nome feio. Podes crer, amizade.

Ela não reclama da brincadeira. Até sorri, quem está gostando. Não acho que tem motivo de queixa. Nunca falei quem já matou duas, apagar mais uma não custa. É bobeira dela.

Isso aí, bicho. Tudo dentro dos conformes. Sem complicar. Só osso, a coroa.

A cruzada dos meninos

— Já tinha dado o sangue de um bode e um coelho. O Maioral não ficou contente. Ele queria mais.

Quando vi o menino achei que servia. Cara suja, franzino, uns oito anos. Ali sentado na linha do trem e resolvi levar comigo. Nos primeiros dias foi tudo bem. Daí começou a brigar com meu enteado. Até contra mim levantou a mão.

— Só faz coisa feia comigo. Se não peço esmola ou não roubo, o senhor me bate. Leva prum canto e faz malcriação. Durmo no chão e só ganho resto de comida.

Ameaçou de contar para a mulher. Assim me agradecia, o pestinha. Achei que era chegada a hora.

— Obrigado a dar pro meu guia Zé Capoeira.

Chamei o enteado Tito, tinha de assistir ao sacrifício, outro pai de terreiro quando moço. Avisei a mulher que a gente voltava tarde.

Bastante caminhamos até o capão fechado de mato.

— Não me pegue, cara. Eu conto pra polícia.

Dei-lhe uns tapas, ficou meio tonto. Chamar cara, isso não, a um pai de santo.

— Hoje estou na cruzada. Só quero desgraça. E ver sangue.

Para o preparar levei atrás da moita, o Tito ficou esperando. O piá gritou de dor. Jurou nada contar a ninguém. Daí voltamos, ele chorando, a mancha vermelha na camisa rasgada.

Se não judiasse dele, ia lavar bem os pés, como eu mandava. Mais os cabelos, sem esquecer atrás da orelha.

Daí tomei um litro de pinga, os meninos quietos e caladinhos. Pedi que viessem comigo. Debaixo da pitangueira, agarrei-o pelas costas, com o braço esquerdo em volta do pescoço.

— Gosto tanto deste guri.

Alisei devagar os cabelos loiros.

— Tenho que fazer. Essa é minha cruzada.

Tirei o punhal, com um só golpe cravado no peito do pequeno, que caiu. Pulei em cima, cortei a garganta, passei o dedo no sangue que corria, esfregando na boca e estalando a língua.

Escondi o corpo nas raízes, coberto de galhos e folhas. Peguei a mão do Tito e voltamos. Um pintassilva cantava alegrinho. Ao chegar à linha do trem, olhei para os lados:

— Outro menino tenho de achar.

Nove haicais

[1]

— Teu seio mais lindo — já viu dois gatinhos brancos bebendo leite no pires?

[2]

Ao se vestir, escolhe a camisa mais florida.
— Ele não sabe que se enfeita para a morte.

[3]

— Por você esfrego olho de vaga-lume nas unhas...
— Credo, meu bem.
— ... que acendem teu nome no escuro.

[4]

Era um homem trôpego, calça branca, sem camisa, a faca enterrada no peito e sangrando.
— Ai, o que você fez?
— É coisa minha. Ninguém tem nada com isso.

[5]

O tico-tico, ao dar com o negro filhote de chupim, não expulsa do ninho a fêmea inocente?

[6]

Sorrindo nuazinha ofereceu coleção de cartões eróticos.
— Melhor que eles é olhar para você.

[7]

O contista — essa bicha pobre faz sua fantasia de carnaval com treze mil e uma asinhas de mosca.

[8]

Se Capitu não traiu Bentinho, Machado de Assis chamou-se José de Alencar.

[9]

A velhinha meio cega, trêmula e desdentada:
— Assim que ele morra eu começo a viver.

Pão e sangue

O homem chega bêbado em casa e, tirando a camisa azul, manda que a dona lave para o dia seguinte — sem ela perde o lugar de vigia.

Dezoito anos casados, dezessete vivem bem, fazem cinco filhos. Um ano para cá, mal se acertam. Ela já não atende o pouco que lhe pede: cozinhar, pregar botão, lavar a louça, sim, mas não a camisa de guardião.

Diz que o acha muito nervoso, bom interná-lo no asilo. Pode jurar que é são, aluada a Maria. Discutem, se xingam, ela atira o que tem na mão, panela ou colher de pau. E dorme com um punhalzinho debaixo do travesseiro.

João sai do trabalho, passa no boteco, quem não toma uns aperitivos? Em casa pelas nove horas, pede que a mulher lave a camisa. Ela diz que não pode, muito tarde, mal tempo de enxugar.

Remoendo a raiva, ele se abanca à mesa.

— Pô, e o pão?

Quer jantar e a comida onde está?

— O feijão e o arroz em cima do fogão. A alface ali na pia.

Aos gritos, batendo com o garfo na mesa:

— Não tem mais pão?

Os filhos tinham comido no almoço, era pouco, não sobrou.

— Nesta casa, pô. Nunca tem pão?

Não esquecesse ele que cinco boquinhas com fome.

— Tudo o que trago você come. Não deixa nada pra mim.

Quando desempregado, quem sustentou a casa?

— Não me responda, você.

E agora nas despesas quem ajuda?

— Não me provoque, mulher. Eu sou nervoso.

O murro na mesa, tremem pratos e talheres. Cai a última casquinha de pão, já abocanhado, o cachorrinho pega no ar.

— O segundo é na tua cara.

— Se for homem, me bata.

— Muito macho eu sou. Para bater e derrotar.

— Conheço meus direitos de mulher.

Ah, por que disse? Ele lhe dá um soco, não acerta. Maria pega da vassoura, espeta-lhe fundo o cabo na barriga. Tão borracho, o pobre mal se desvia. A mulher corre para fora. Curvo na porta, mão na virilha, gemendo. Daí vê a faca sobre a mesa. Uma das meninas grita:

— Sai depressa, mãe. Corre, mãezinha.

Fogem as duas, perseguidas pelo homem. Um pouco tonto dos golpes, cambaleia e para. A dona espiando, de longe.

— Não pare, mãezinha. Corre, que ele te pega.

Ela se assusta, perde o chinelo, tropeça, cai de costas. Aos tombos, João se chega, agarra-a pelo cabelo comprido. Já corta o pescoço e enfia no peito a faca, de baixo para cima.

— Alguém me salve. Ele me esfaqueou. Estou morrendo.

Grita um dos piás:

— Meu pai é um bandido.

Outro lhe acerta uma pedra na testa. Ele se volta, a faca na mão vermelha.

— O filho da mãe quem foi?

Avança contra os pequenos, cercado pelos vizinhos, que o cobrem de soco e pontapé. Bem quieto, cabeça baixa. Sangrando muito na testa, sem camisa e descalço. A mulher, coitada, ali de costas no chão.

O arrepio no céu da boca

A um cidadão de respeito não é prudente a visita a certas casas. Três filhos crescidos, João não pode se expor a vexame, muito menos escândalo. Aos cinquenta anos, na força do homem — amor demais para uma só mulher. Bem casado, cada vez mais sensível às mocinhas de vestido branco de musselina.

— Como você faz?

O amigo frequenta o apartamento da famosa tia Olga: bacanal a três, virgem louca e tudo. Das pequenas baixezas é a sordidez que o fascina?

— Por que não uma amante?

Na teúda e manteúda nem pensar, o brasão pomposo de coronel da velha guarda. Já basta um caso notório na família.

— Então, meu santo, não há escolha. O prazer solitário ou a menina de programa.

Ouve pelo telefone, fim do expediente, o canto de sereias oferecidas. Comete o primeiro erro: sempre da mais feia a voz mais doce. Tão medonhas algumas, que as indeniza pelo táxi e dispensa, com o pretexto de um cliente inesperado. Cínicas outras, pedem para telefonar e, rindo, fazem uma, duas, três ligações até um novo programa.

— Achei uma para você — lhe diz o amigo. — Só que não frequenta escritório. Você tem de ir ao apartamento.

Um mês depois, o cartão esquecido — rasgo? não rasgo? Um número qualquer. Fosse julgar pela voz, indiferente, desistia do encontro. Deus, ó Deus, no sábado frio de garoa, que fazer em Curitiba às três da tarde?

Olho mágico na porta, que se entreabre. Feia não, quase nariguda. Curtinha camisola azul, brancas pernas, descalça no tapete, o pé grande. Ele se vê de relance — colete, bigode grisalho, guarda-chuva — no espelho do corredor, ela apaga a luz. O quarto na penumbra da tevê. João senta-se ao pé da cama, ela fala de olhinho atento na imagem preta, sem som.

Nervoso, tira do bolso a garrafinha de uísque, pede gelo. Ela traz duas pedras no copo, não aceita um gole.

— Gosto ruim. Não sei como alguém.

Já sei, pensa ele, prefere abraçadinho de camarão com frapê de chocolate. Apoiada no travesseiro (não é suspeitíssima a cama de casal?), a mão no joelho dobrado, acende o primeiro cigarro. Vinte e poucos anos. Morena pálida, olho quem sabe verde, cabelo castanho curto. Entrevisto pela gola rendada o seio durinho. Risonha, mas distante, responde às perguntas. Uma cidadinha do interior, três anos em Curitiba, secretária numa corretora.

— Cidade maldita. Nunca senti tanto frio. No dia em que cheguei até neve caiu.

Fala da família, do namorado. Singelamente. Nada de profissional; não faz pergunta. Ele diz que é advogado, bem casado. Agrada-lhe o à vontade. Morde a língua, como teria sido a primeira vez — com o pérfido noivo?

João bebe duas doses. Ela conta uma passagem da infância. Até que ele se debruça:

— Sabe que muito bonitinha?

Por que sempre a mesma frase? O mesmo livro já lido? O mesmo filme já visto? A mesma valsa mil vezes rodopiada?

— E tem um lindo seio?

Afasta a seda azul, beija o biquinho esquerdo, com a pequena mancha redonda.

— Um tiro, já viu? Sem querer. Meu priminho de sete anos. Eu, com cinco. Saiu muito sangue.

Garrida, fagueira, cheirosa do banho. Ele beija ao longo do corpo o clarão fugidio da tevê. Depois é o grande pássaro negro cobrindo-o nas longas asas.

Já vestido, dobra duas notas na mesinha de cabeceira. Põe o relógio de pulso. Alcança a garrafinha.

— Não quer deixar?

Pela metade, os outros não vão servir-se? Ela sorri:

— Fique sossegado. Ninguém pega.

Convite para voltar? Três dias depois ele volta.

Dois beijinhos furtivos no rosto, ainda bem o chama pelo nome, não de tio. Outra vez instalado ao pé da cama, o copo na mão. Ela acende o primeiro cigarro, olhinho na novela muda. Ele observa, um lampejo súbito no rosto, o brilho móvel na pupila. Qual nariguda. Qual pé grande. Nariz perfeito, pé na medida certa.

Ao fim do segundo cigarro, ele se inclina. Beija a boquinha fria — apesar de esfomeado, por que tanta doçura? O arrepio lancinante no céu da boca é o

mesmo das cocadas negra, rosa, branca de nhá Rita —
ó suprema delícia da tua infância.

— Ai, que tanto beijo. Você me sufoca.

Ainda agradecido, não é beijo, *amor*. Ou sufoca, *bem*.
Desvia o rosto, empurra-o, se desvencilha.

— Ficar mais à vontade?

No gesto mágico, duas vezes nua. João se contém
para, de mão posta, não cair de joelho. Quem vê uma
mulher nua já viu todas? Aí que se engana, cada uma
é todinha diferente. Ah, que bom, aprender tudo outra vez.

Essa, não — na mesinha o telefone toca. Ela se recusa a desligar, se é urgente? O pai com problema cardíaco. A mãe sofre de tonteira, já caiu no banheiro.

O pior é que, ao atender, ela retoma o cigarro. Um
tantinho frustrado, João se consola — a nunca vista nudez, a coxa fosforescente de tão branca. Não é o som
de uma só mão que bate palmas?

Flutua três dedos acima do lençol, dores do mundo
esquecidas, ela já reclama:

— Como você é pesado, puxa.

Corre para o banheiro, de passagem ergue o som
da tevê, acende novo cigarro. Bem ele apreciaria uma
doce conversinha tenebrosa — ó frases mais bobas, ó
verdades tão profundas —, essa noite acabou. Longe
deixa o carro, nunca no mesmo lugar — até lá bailando
numa nuvem ligeira, a cabecinha riscada de relampos
e estrelas cadentes.

Mais forte que ele, torna uma, duas, três vezes.
Basta você beijar o pé da mulher, ela te espezinha. Se

bem escrava do dinheiro, João não se ilude: o amor aqui não é chamado. Mais que pergunte, ela se recusa a falar dos outros.

— Gostava que de você falasse com eles?

É justo, pela franqueza deve ser ainda reconhecido. Uma noite, entre dois beijos roubados, a campainha toca.

— Meu Deus, quem será?

O susto é contagioso, perna trêmula e voz rouca:

— A mim você pergunta?

— Não fale.

Aflita, já de roupão. O célebre suadouro? O doutor veste-se a toda pressa. Nunca mais há de ficar nu. Sumir, mas onde: debaixo da cama? No fundo do guarda-roupa?

Ela fresta o olho mágico, volta em pontinha de pé, cochicha:

— É meu tio! Que será? Esconda-se. Aqui atrás.

Mão firme o conduz pela cozinha, deixa-o na área de serviço. Encolhido ao lado do tanque, João se arrenega: Que loucura, meu Deus. O que estou fazendo aqui? Se escapar, nunca mais. Putinha vigarista. Das mil janelas do edifício vizinho, quantos olhos indiscretos o espionam? A amiga íntima da mulher, já pensou, uma coleguinha da filha? Mesmo no escuro, o rosto queimando de vergonha.

Cinco, dez minutos depois, ela abre a porta — estava chaveada.

— Pode vir. Sabe o quê? Puxa, o que ele fez? Olhou em todo canto. Atrás das portas. Nunca fez isso. Até abriu a geladeira!

Que tio maldito, esse, de quem jamais falou? Bem nervosinha:

— Ai, querido. Doença na família. Devo sair em quinze minutos. Ai, ai. Depressa. Venha.

Essa noite, já viu, fracassa miseravelmente o pobre.

Dias depois, meio nus na cama. Ansioso, espera o fim do segundo cigarro. Outra vez, o telefone te assusta.

— Não atenda. Por favor. Me deixa inibido.

— Recado urgente. Poxa, que você. Cara mais egoísta. Se minha avó morreu?

Ao reconhecer a voz, pula de pé. A outra mão antes revela do que esconde — nela tudo o deslumbra. Agitada, sem o encarar:

— Você precisa ir. Vem alguém aqui. Em cinco minutos. É muito importante.

— Mas, quem? Por quê? Olhe como chove.

— Não posso explicar. Agora, vá. Ele já chega. Quer que te veja? Sabe quem? O meu pai!

Pai ou amante, nem protesta, nuzinho ao lado da cama. Ali surpreendido — só de meia preta — já pensou? Furioso, larga três notas sobre a tevê colorida. Não é que a traidora, na porta, lhe dá um beijo na boca?

— Desculpe, amor. Ai, tão nervosa. Depois eu explico.

O temporal na rua, a água invade a calçada. Abriga-se na marquise da esquina. Um carro esguicha ondas, para diante do edifício. Salta o rapagão alto, loiro, de óculo — é o tal. O coronel ali na chuva, pé molhado. E o cafetão no bem quentinho.

Quase meia hora tremendo no frio e gemendo no desamparo. Foi a última dessa pistoleira. Mais uma não me apronta. Adeus, querida, para sempre. Pode telefonar. Se desculpe quanto quiser. Nunca mais.

Não telefonou, a cadelinha. Nem se desculpou. Ele, sim: tinha esquecido o relógio de pulso. Se o outro, já viu, o descobre na mesinha. Há que dividir com o gostosão, o galã, o gigolô? Tudo, menos perdê-la. Como é que coxas tão frescas, e só descerrá-las, o incendeiam no fogo delicioso da danação?

Presidindo a mesa da família, contrariando uns embargos de terceiro, no meio do cafezinho com o gerente de banco, pronto de olhinho perdido, engole em seco, uma veia dispara na testa, o coração aos gritos. O cidadão respeitável, esse? É, sim, lobo raivoso, que espuma e rola no pó da loucura, uivando para duas luas — uma nádega em cheio resplandece entre as caras coloridas da novela.

Como você pode aturar uma chata, que se lamenta do emprego (as patas imundas do patrão), do aluguel, a eterna garoa, o barulho dos vizinhos, a inveja das amigas? Só fala em dinheiro, dinheiro. Quantos aniversários — mesma pessoa, mesmo ano — que de presentes! No telefone:

— Preciso de tanto. O conserto da tevê. Sem novela não sou gente.

— Já não dei, quanto foi? Para...

— Ah, é? Já não precisa vir. Nunca mais, ouviu?

À noite, debaixo de chuva, lá está o distinto. Sem ao menos abraçá-la, que espirra e funga, se assoando: da própria chuva o maior culpado.

— Essa tua bostica de cidade. Só chove? Só faz frio?

Para não beijá-lo, gripada sempre. Com dor de dente. Garganta inflamada. Isso mesmo sente por ela: cada vez que engole, a inimiga dói, brasa viva e agulha de gelo. Tudo perdoado na hora que, de pé, a envolve no roupão acolchoado rosa e, ganindo de gozo por dentro, começa a soltar os botões, bem devagar, do primeiro ao quinto, até ficar de mão junta, ali de joelho.

— Ó catedral ó turbilhão ó beijos ó abismo ó rosas!

Uma mulher cruza o teu caminho, ela não é o caminho? Vendo-o à sua mercê — nua de saltinho alto em poses diante do espelho — revela toda a sua vulgaridade, os maus modos à mesa, a linguagem chula, a feia tosse.

— Você fuma demais, querida. Não sabe que...

— Se falar mais uma vez. Uma só. Sabe o quê? Eu grito. Sabe o que é berrar? Abro essa janela e...

Sofre em silêncio a longa espera de um, dois, três cigarros. Até que ela te permita se chegar.

— Ai, no seio, não. Que dói.

— Nossa, mãe. No pescoço, não. Sinto cócega.

— Ai, que horror. Não me pegue. Essa mão fria de defunto.

Deixa que fume. E se engasgue. E tussa. Pode falar, sua vaquinha. Quando acabe, já sei o que vai essa linguinha feminista me fazer.

Que estalidos suspeitos, ali no canto escuro? A fina cosquinha do terceiro olho na tua nuca. Mais uma lição: nunca não abra o armário de uma bandida, você dá com um bicho nu e peludo. Pode, sim, ranger os dentes: bem ela insiste na coleguinha loira, quem diria atrás do arquivo te agarra, um beijo aqui, outro ali, não na boca, você não deixa. O cafajeste no ônibus já se encosta e elogia tuas prendas calipígias. O antigo noivo (domingo de sol, oito e meia da manhã, violentada de pé contra a máquina de costura) volta a persegui-la. O famoso exibicionista assobia e abre a capa quando ela passa.

— E você, o que faz?

— Ora, o quê? Eu olho, claro. Se ele se envergonha.

Mais os telefonemas obscenos que, em vez de desligar, a sirigaita ouve até o fim.

— O que ele diz?

— Mais geme do que fala. Só essas bobagens. Acha que vou repetir? Não me respeita, ô cara?

— Santo Deus, por que não desliga?

— Ah, é? E assim descubro quem é? Você é doutor, mas não parece. Deixo que fale. Bem à vontade. Às vezes, confiado demais. Epa, solto um palavrão. E ele, sabe o quê? Ainda me agradece, o diabinho.

Bem que afila o nariz, um nadinha estrábica, quando mente — essa aí, quase sempre, mente. Irritada, a voz mais canalha, tanto se esganiça. Podia vê-la: uma gorducha desbocada, vestido estampado de florinha. Mesmo no inverno, braço roliço e vermelho, nunca de frio. Decerto o buço mais negro. Dali a dez anos, sim.

Mas não agora, crucificada nos seus braços, ela geme, suspira, grita. Ah, não, ninguém finge os lábios em fogo. Não agora, mil pequenas mordidas na tua orelha direita, na nuca, ao longo do pescoço.

— Não. Não morda. Está louca?

Ganindo e soluçando e virando o branco do olho.

— Eu te adoro. Ai, seu puto. Com força. Me rasgue. Assim.

Proíbe visitá-la, ai de você, sem que avise primeiro — aninhada nos braços de um tipo qualquer?

— E meu pai? Minha mãe, já viu? Com que cara você e eles.

Se é que, nunca, teve mãe e pai. João faz as contas, desconfia ser mais velho do que o pai — sem a barriga.

Muita vez, ao telefonar, ela responde não. Que não, secamente. Se ele insiste, desliga. Ah, desgraciada. Antes não ouvisse a radiola bem alto, risos, tinido de copos. No lado esquerdo do teu peito arrasta-se uma lagarta negra de fogo. Se fosse espionar debaixo da janela em penumbra? Para que chamasse aos gritos:

— Venham todos. Venham ver. Quem está ali? O meu coronel. Olhem lá. Não é velhinho ridículo? Soluçando, lá na chuva.

Mais perdido ainda nos fins de semana e longos feriados em que ela some — com quem, para onde? Que arte já fazia com o priminho de sete anos?

Até que uma noite o recebe com agradinho. Primeira vez, sem você pedir, faceira e dengosa, senta-se no teu joelho.

— Posso, bem? Te contar uma coisa, amor. Você jura, querido? Não se zanga?

À palavra *querido* ele já leva a mão na carteira.

— Estou grávida.

Antes que o insulto cerebral, a trombose, o enfarte fulminante.

— Não, não pode ser. E a pílula? O pessário? Dois meses não me deixa... Proibiu, o médico, não se lembra?

— De você, não, bobinho.

O dedo de Deus enxuga o teu suor frio na testa — e ainda há tolos que não acreditam.

— Meu noivo, o bandido. Bateu aqui uma noite. Agarrada à força. Todinha me arrebentou. Sem coragem de te dizer.

— Ora, é fácil de tirar.

— Está doido, cara?

Radiosa, deslumbrada com o novo estado.

— Crente, não sou? Esse filho eu quero. Me fazer companhia.

Salve, salve a igreja quadrangular, glória a Jesus Cristinho dos últimos dias, aleluia.

— Se você pensou bem. Acha que pode. Se teu pai, tua mãe...

Já não o escuta. Semana seguinte — ai da coroa de soberba dos grandes de Curitiba — lhe apresenta rol de compras: chocalho, touca de renda e fitinha, fralda descartável, banheira azul. A barriguinha já se mostra, de quantos meses? Em vez de enfeá-la, um encanto a mais?

Com os dias vai se desfigurar, a pata-choca. Mancha no rosto, pé inchado, no ventre uma cesta pesada de flores. Tragando fundo, bate sem jeito as agulhas no primeiro sapatinho de lã.

— São duas, três carteiras por dia? Não sabe que, cada cigarro, o nenê também fuma?

A gorducha se faz pequeninha no teu colo.

— É o último, juro. Não brigue comigo, anjo. Me deixa tristinha.

— O teu famoso noivo? Não voltou mais?

— Ai, amor. Não te disse? Pois é, telefonei. Sumiu, o veadão. Logo que soube. Sempre foi assim. Um grande covarde.

— Não pensa que...

— Me faz um favor, bem? Não fale desse aí. Nunca mais.

— E se, mais tarde, ele...

— Dá um beijinho, querido. Puxa, você. Oh, não. Que horror. Unzinho só.

Você não aprende, João: o coração da bem-amada é ninho de tarântulas cabeludas.

— Agora quietinho, anjo.

O ataque da medonha tosse. Sopra-lhe a fumaça no rosto. Outra vez, sonhadora:

— Já pensou, amor? Daqui a uns meses. O *nosso* filho?

CANTEIRO DE OBRAS

> 2 abril 87
>
> Otto, Carnaval de Sangue? Ciranda de Sangue? Comédia de Sangue? Ronda de Sangue? Mofina dúvida em que me debato. Que tal, simplesmente: PÃO E SANGUE, não soa melhor? Para justificar o título, rabisquei continho de duas paginas, aqui vai. Leia, emende, corte, mude, acrescente - e, por favor, devolva pela volta do correio.
> Decidi afinal remeter ao editor os originais. Nosso lema: publique primeiro, arrependa-se depois - e voce se arrepende sempre. Um livrinho a mais ou a menos, que diferença? Só de entrar numa livraria voce não fica meio deprimido? Quanto papel perdido, quanta energia mal aproveitada, quanta vaidade mais alucinada. Veja o nosso poetinha brasileiro (agora se dá por mineiro, rimando Sabino com fino), no bom sentido camiliano. Louco manso, diz voce. Bem perigoso, acudo eu. Fique longe, Otto.
> Junto copia de carta a Sbat, os supostos mais diligentes advogados de direitos autorais.
> Abraço amigo do seu velho
> Escrevo nos proximos dias.

Dalton Trevisan participou do II Congresso Brasileiro de Escritores (1947), em Minas Gerais, onde teve o primeiro contato com os jovens mineiros Hélio Pellegrino, Fernando Sabino e Otto Lara Resende. Na década seguinte, estreitou relações com Resende, passando a visitá-lo nas redações dos jornais e a enviar-lhe cartas no restante do tempo.

Durante cerca de quarenta anos, submeteu todos os seus contos à leitura do amigo, acompanhados pelo pedido: "Seja cru e cruel, Otto".

Rio, 19.5.87.

OTTO LARA RESENDE

Dalton,
a versão de 'Pão e sangue' não pode ser mais definitiva. Está quimicamente perfeita. Total puridade. Ainda assim, dada a síntese acrobática que V. conhece, quebrando os ossos, ou tirando a enxúndia da última flor do Lácio, quem sabe V. ainda poderia 'fechar' mais. Por ex: na pag. 5: "Com o murro na mesa tremem pratos e talheres. Cai a última casquinha de pão, já abocanhado, o cachorrinho pega no ar." Não pode cortar a preposição com? (com uma vírgula depois de "tremem", ou recurso assim). E até o cai... "A Cruzada" ('dos Meninos'? - acho bom) vai pelo mesmo caminho. O conto fulgura por um instante. Ofusca o leitor, de tão certeiro e veloz. E deixa aquele rastro fundo, a tragédia sem conserto. Terrível. Por mais que leia e procure uma picuinha, não encontro. É uma lâmina. Só lâmina (como diria o JCMN).   65 anos: é duro, Dalton. Pensei que ia ficar mais abatido. Não liguei muito. Me senti até meio sem-vergonha, pensei em abrir a casa e tomar um porre. Fiquei sozinho na serra, com H. Os meninos vieram almoçar no Rio. Minha neta mais velha me escreveu uma carta linda. E o meu neto de seis anos disse que sou o avô muito engraçado. Veja que estou no bom caminho. Sem falar na neta caçula, a Caetana, que já percebeu que eu gosto do puxa-saquismo maroto com que ela me trata. Já lhe falei do meu 'estúdio' na Gávea. Vai indo aos poucos. Mas ainda me deixa meio atarantado. Acho (percebi hoje) que tenho de fazer um (novo) aprendizado de solidão. Se não vou, fico aflito. Se vou, ora me sinto bem, ora não. O tempo passa depressa. Sinto que preciso fazer alguma coisa - que é? Esqueci alguma coisa em algum lugar. Sensação de perda e de urgência. Vamos ver no que dá. Hesito sobre cada coisa. Que livros levar. Etc. etc. Aí me veio um convite para ir ao Marrocos. Achei chato, mas como recusar? No fim de junho. Por que não convidam V. para o Marrocos? Ouvi dizer que vai o Richa (se a política deixar).   Juro que nada tenho contra o Léautaud, que freqüentemente vou lendo, sorvendo, numa edição de capa dura, um volume (imenso). Me impressiona aquele mundo, a França das letras que a gente cultuava, eu então! Aliás, li o Gide também. Eram tiragens mínimas. Há livros do Gide, editados no final do sec XIX, com edição de 500 exemplares. E a 2ª só quase meio século depois, já na guerra, ou até depois da.   A C. Balcels, não tive ânimo de buscar contato. Receio uma recusa. Afinal, não sou nenhum best-seller. Ontem recebi 375 cz de direito autoral, from SP (a antologia da Cultrix, em 7ª edição). E há poucos dias recebi um cheque de Budapest. De-

"Otto é o leitor ideal e o melhor dos amigos: sempre disponível, o verbo coruscante, de uma doação sem limites."

Dalton Trevisan (caderno/diário 8, 1976)

Como agradecer as suas
maravilhosas notas e marcas? Que
olhinho mais vivo, que mãozinha
mais certeira. Aqui o texto revis-
to, emendas já incorporadas.

Mais A Cruzada dos
Meninos (ou A Cruzada), quem sabe
voce leu a noticia no jornal.

Tantas graças, de joe-
lho, beijo-lhe o terceiro dedinho
do pé esquerdo,

Como é ter 65 anos, Otto?

© Dalton Trevisan, 1988, 2025

Todos os direitos desta edição reservados à Todavia.

Grafia atualizada segundo o Acordo Ortográfico da Língua Portuguesa de 1990, que entrou em vigor em 2009.

conselho editorial
Augusto Massi, Caetano W. Galindo, Fabiana Faversani, Felipe Hirsch, Sandra M. Stroparo
estabelecimento de texto e organização do canteiro de obras
Fabiana Faversani
capa
Filipa Damião Pinto | Estúdio Foresti Design
imagem de capa
Acervo Dalton Trevisan/ Instituto Moreira Salles
canteiro de obras
Acervos Otto Lara Resende e Dalton Trevisan/ Instituto Moreira Salles
ilustração do colofão
Poty
preparação
Huendel Viana
revisão
Érika Nogueira Vieira
Karina Okamoto

Dados Internacionais de Catalogação na Publicação (CIP)

Trevisan, Dalton (1925-2024)
Pão e sangue / Dalton Trevisan. — 1. ed. — São Paulo : Todavia, 2025.

ISBN 978-65-5692-824-1

1. Literatura brasileira. 2. Contos. I. Título.

CDD B869.93

Índice para catálogo sistemático:
1. Literatura brasileira : Contos B869.93

Bruna Heller — Bibliotecária — CRB 10/2348

todavia
Rua Fidalga, 826
05432.000 São Paulo SP
T. 55 11. 3094 0500
www.todavialivros.com.br

Publicado no ano do centenário de
Dalton Trevisan. Impresso em papel
Pólen bold 90 g/m² pela Geográfica.